JN015864

をんごく

北沢陶

角川書店

をんごく

目次

第一幕

四天王寺 樒口寄

一

黒い格子の外から、誰かが見ている。

軒下から。戸の節穴から。西陽の届かない、ほの暗い影の中から。

覗かれている。

思い過ごしだ、と強いて自分に言い聞かせた。外はひとがかろうじてすれ違えるくらいの裏通りで、四天王寺の参拝客どころか近所の者すら通る気配はない。ただ、冷たい隙間風がときおり、うなじを刺していくばかりだ。

息をつき、羽織の襟を正す。こういうところに来ているから、ありもしない視線に怯(おび)えているだけだ。

「今日はえらい……」

祭壇を背にした四十がらみの女が、ふいに私の肩を見越して言った。

「居てますな」

女の視線をたどろうとして、すんでのところで抑える。

「ひい、ふう、みい」と指折り数え、目尻(めじり)に皺(しわ)を寄せて笑い出す。「まあ、数えきられへん。こないに集まって来よったんは、いつぶりか分からしまへんわ」

近所の子どものことを言っているのだと、そう思い込もうとしても無駄なことだった。ただでさえ寒い背中が、さらに冷えていく。

大の男が内心怯えているのをさすがに見て取って、女は軽く手を振った。

「まあ、気にすることやあらしまへん。入ってくるでもなし、これが終わってあんたはんが外に出はったとこで取って食うやなし。終わったらな、まあ、すうと消えていきますよって」

それでも気になりますやろか、と問われて、はいと認めるのも沽券(こけん)に関わるが、虚勢を張っても仕方がない。

「外のもんは……なんでそないに集まっとるんでっか」

目を細めたまま、巫女は格子の外をじっと見つめていた。

「うらやましいんやろうなぁ。呼んでもらえるもんがおって。わいも喋りたい、わても喋りたい言うて、ざわざわうぞうぞ騒いで妬んでせがんでまあ……」

巫女が脇に置いていた、樒の葉を一枚ちぎった。

「やかましいこと」

掌に載せた樒の葉に、巫女が息を吹きかける。隙間風に逆らって、葉はゆらゆらと私の頬をかすめ、格子に向けて飛んでいった。途端に、背中にまとわりつく視線、身体をこわばらせる緊張が緩んだ。心なしか寒さまで和らいでいる。

怯えが収まるとともに、これが巫女の使う手なのではないか、来た人間をまずこうして脅してみせるのではないかと勘ぐったが、あの樒で空気が軽くなったのは確かだ。

電球もつけない板間の部屋、巫女の背後にある祭壇は、なんとも奇妙なものだった。樒が一対、両端に飾られ、黒漆の塗られた小さな祠じみたものが置いてあるかと思えば、木彫りの古びた仏像も並んでおり、神道とも仏教とも由来が分からない。

「知ってはると思いますけど、一年やよってな。古瀬（ふるせ）さん」

巫女の顔が、格子の陰で暗がりに沈み込んでいた。

「一年経ってしもたらもう、呼べませんよってな。……いつごろ、行きはったんだす」

巫女が追い払った視線とは別の重苦しさが喉（のど）を絞めた。行きはった。熊野（くまの）に参った。米買いに行（い）んだ。親戚（しんせき）に、友人に、近所の者に言われた表現はそれぞれだったが、それが意味するところはひとつだ。

「妻が行んだのは、去年の十二月です」

年明けの準備に近所がせわしく働いていたころ。北東からの風が冷たく、長火鉢を寄せてくれと頼んでいた次の日の夜明け前だった。

ちょうどひと月。巫女がつぶやいた。

「何を尋ねようというんでもあらへんのです。ただ、心残りがあんまり大きいですよって」

「行んでもうたのが、よう受け入れられへん。そういうことだっか」

言い当てられて顔を上げると、巫女はもう祭壇に向かって、裾（すそ）を整えていた。同情がかすかに混じった声が耳に残る。

手垢（てあか）のついた小箱を無造作に引き寄せると、巫女はかろうじて私が見える程度に振り向いた。

「わてがなにか唱えましたらな、意味はお分かりやないと思いますけどな、こう、手を出しますよって、軽く握っとくなはれ。そしたらな、喋りますさかい。奥さんが来はります、さかい」

黒い袖口から覗く手を見ながら、私はうなずいた。薄暗がりの中でぼんやりと白く浮かぶ巫女の手は、どこか妻の手を思い出させた。

ふいに、妻と出会ったときから、彼女が「行んでもうた」あの日のことまでが、鮮やかに――残酷なほど鮮やかに、脳裏によみがえった。

倭子と私は、幼いころに知り合った仲だった。

東横堀川、西横堀川、長堀川、土佐堀川に東西南北を囲まれた百十町、商都・大阪の中でも財と歴史ある暖簾のひしめく船場に私は生まれた。実家は北の土佐堀川近く、平野町で呉服屋を営んでおり、私の父で五代目を数えていた。

私が小学生だったころ、店の「旦那(だな)さん」であった父が軽い肺病を患い、通り一本北の道修町(どしょうまち)から医者がよく往診に来ていた。医者を人力車で運ぶ車夫が表で「おみまぁい」と家の者を呼ぶのに合わせ、高く細い声が「おみまぁい」と舌足らずに真似をする。それが倭子だった。

最初は車夫の娘だとばかり思って、見かけると軽い気持ちで声をかけた。

「わての家な、幽霊(ゆうれん)が出るんや」

というのが、倭子をからかう常套句(じょうとうく)だった。

「そないして、おどかそういうても聞きまへんで」

そう言いながらも、怯えと好奇心の混じった目をしているものだから、こちらもついおもしろくなる。

「ほんまやて。わて、たんまにちらと見たことがあるんや。一度、藍地(あいじ)に葦(あし)模様の裾が廊下の角をすぅと曲がっていったんやけど、お母様(かあはん)も姉さんもそないな着物は着はらへんのや。女子衆(おなごし)は炊事場で忙しうしとったし、家の者(もん)やないんやったら幽霊やとしか思われへんやろ。どないや。その廊下、こっそり連れて行ってもええで」

本当は連れて行くつもりもないのに袖を引こうとすると、倭子は涙を浮かべながら必死で首を横に振る。

「なんや、がしんたれやなぁ」

倭子の怯える様子がおかしく、意気地のなさを笑って会話を終える。そういうやり取りを、決まりきった挨拶のように行なっていた。

車夫の娘相手だからと思って遠慮なく接していたのが、ある日母に呼びつけられて、

「あらお医者の嬢さんやさかい、あんまり悪さしたらいきまへん」

と叱られて、目をむいた。

父の病気が治ってからは医者とも付き合いが薄くなったが、道修町の通りに絶えず行き交う荷車や大八車を器用にすり抜けて走りながら、人力車を追いかけまわす倭子を見ることがあった。そのときはただ、

(飽きもせぇでまぁ、ようやる)

とだけ思っていた。

想像もしない形で縁が再び繋がったのは、私が東京に出たあとのことだった。

独自の風習が根強い船場では「ぼんが働いたら間違う」という考えから、長男が店を継ぐより、見込みのある者を養子に迎えて商売を任せることが多かった。だからいずれ店は

姉の婿が継ぎ、私は父が亡くなれば家を出ることが生まれたときから決まっていた。

小さいころから内でも外でも「壮ぼん」「ぼんぼん」とそれなりの扱いをされ、食事に尾頭付きが出るのは父と私だけ、という身分なのに、父が亡くなった途端「路地に入って花でも活けなはれ」と追い出されるであろうことにはどうも気が進まなかった。突っぱねられるのを承知で、かねて憧れていた洋画をやりたいと父に申し出たところ、

「学校出るまでの費用くらいは面倒見たるさかい、まぁ好きにしぃ」

という、半ば投げやりな答えが返ってきた。

私の中学校在学中に、すでに姉は丁稚からの叩き上げで手代となっていた庄七という男を夫に迎えていた。商都として歴史を刻んできた船場の、それも雇人男女合わせて三十人もの店を背負うことはおろか、手伝いをする才覚すら私にはないと父は見抜いていたのだろう。

そういう理由で、私は良くいえば気楽、悪くいえば浮き草のような身分で、東京の美術学校を卒業した。

私が東京にいる間に店と「古瀬嘉右衛門」の名は義兄の庄七が正式に継いでおり、母は流行性感冒で、身体を壊して隠居していた父は肺病の再発で世を去っていた。両親を亡く

し、ますます大阪に身の置き所がなくなった私は、東京に留まることに決めた。

卒業後も洋画を描き続けてはいたが、同窓生の追いかけていた未来派やダダとは私は肌が合わなかった。在学中から静物画や風景画を描いて二科展などに応募してはいたものの、そう簡単に入選するはずもない。洋画を描きためる傍ら、雑誌に載る小説の挿絵や店の宣伝を兼ねたマッチの図案、呉服屋、小間物屋の広告を描いてどうにか小銭を稼いでいた。

いつまでこういう生活ができるだろうかと気を揉みながら絵筆を走らせていたある日のこと、義兄が下宿にまで訪ねてきた。ふだんは陽気なたちで、冗談を飛ばしては歯を見せて笑っていた義兄が、

「壮ぼん、あのなぁ」

と真顔で切り出したところで、これはただの話ではないな、と思った。

「そろそろな、わしもあんさんの面倒を見んとな、行んでもた先代にも悪いこってすし」

案の定、見合いの話だった。指についたチョークの粉をこすり落としながら、

「いうて義兄さん、私には財産いうもんもあらしまへんし、挿絵かてもう、いつまで食いつなげるか分からしまへんで」

それでも義兄が懸命に薦めるのを、聞くともなく聞いていると、六歳下の数えで二十一

歳、道修町の出だという。おとなしいたちで悪い噂は探っても出てこないし、向こうの親もそちらのぼんちならと言ってくれているし、なによりお前の父を診た付き合いのある医者の娘でもあるし……。

「待っとくなはれ」指の汚れを落とす手が止まった。「あの、よう泣く子でっか」

「よう泣くかは知りまへんけども」義兄はわずかでも望みが出たのを頼りに、「なんや、知ってはるんでっか」

彼女のあずかり知らぬところで倭子に驚かされたのはこれで二度目だが、実際に会ってみてまた驚かされた。

否応なしに義兄に引っ張られて大阪にいったん帰り、住吉公園の池の周りをぐるりと歩かされ、途中すれ違った、それだけが私たちの見合いといえるものだった。

両親と仲人に付き添われて、倭子はゆっくりと、こころもちうつむきながら歩いてきた。白藍色の振袖が遠くからでも涼しげで、黒々とした髪と鮮やかな対照をなしている。乗り気でない見合いのつもりが、一歩一歩近づくごとに鼓動が速まっていくのを感じた。

うっすらと湿り気を帯びた首筋と、柔らかな紅色に染まった頬に初夏の日が光って、色が白い、と思ったときにはすでにすれ違っていた。振り返ろうとして義兄に制された。私のほうでは幼いころの、頬がかさかさして、洟をしょっちゅう垂らしている倭子ばかり覚えていたものだから、どうせ年頃になっても知れていると思っていたのだ。

あとで義兄に印象を訊かれたとき、逸りがちな義兄を牽制しておくつもりが、

「どうぞよろしゅう、お願いいたしますでございます」

としか言えなかった。

結婚後、倭子が東京の水に合ったかどうかは分からないが、故郷を離れたわりに塞ぎ込むことはなかった。倭子の実家から、乳母代わりでもあったという五十歳ほどの女中がひとりついて来て、こまごまとしたことを教えながら世話を焼いていたことも、少なからず倭子を慰めたようだった。

私の挿絵が載った雑誌を差し出すと、最初のひと月は針仕事の手を一瞬休ませてうなずき、三月めには口許をほころばせるようになり、半年めには指をさしてあれこれ感想を言うようになった。

あの静かで幸せな日々が、何十年も続いてくれていたら。いやせめて、あんな終わり方さえしなければ。私は、これほど倭子を追い求めることはなかったかもしれない。

結婚から一年経った大正十二年、九月はじめの日。台風が留まっていて、残暑をかき消す強風の吹いていた日だった。

重なった挿絵の仕事がようやく片付き、腹に何か入れたらひと眠りするつもりで昼食を早くさせた。私に付き合って食事を済ませた倭子は、折り悪く野菜がなくなったから買ってくると言って、女中を連れて出て行った。

寝る前にふと思い出して探し物をしていたとき、小引き出しに私の挿絵の切り抜きが束になって収められているのを見つけた。ああこない内緒でしまって、帰ったら何て言お、それか白状させて恥ずかしがらせたろかな、と落ち着かない気持ちで部屋をうろうろし、倭子の帰りを待っていたとき。

立っていられないほどの揺れに襲われた。

天井がめりめりと音を立てる。砂埃(すなぼこり)が畳に落ちてくる。部屋から飛び出そうにも足が動かず、うずくまって揺れが収まるのを待った。ようやく立ち上がれるようになってから家の周りをぐるりと回って見てみると、壁にひびが入り、屋根瓦(やねがわら)がいくつか落ちていた。とはいえ、持ち家ではなく借りたものであるし、揺れの割に大したことはなかったと胸をなでおろした。

倭子がふだん、買い物をしている店は聞いたことがある。女ふたりでは不安だろうと倭子を迎えに歩いていくうち、先ほど覚えた安心がまったくの考え違いだったと思い知った。

十五分ほど歩いていくと、遠くから騒ぎが聞こえてきた。不審がりながら大通りに出ると、荷物を抱え、子どもを抱いた男女が、そこここの横丁から流れ集まって、煤と泥に塗れた顔、乱れた髪の群衆が押し寄せてきた。

家族とはぐれたらしい老人が、足袋を汚したまま電柱にもたれて座り込んでいる。見慣れた商店がすっかり潰れ、崩れた屋根が地面に覆いかぶさって、瓦が道の真ん中まで滑り落ちている。誰かが叫んでいる。子どもが泣いている。燻すような臭いとともに灰が頭上を舞う、じきに高く上がる炎の熱が頬を焼いてくる。

回り道に回り道を重ねて、倭子がいるはずの通りから離れていくばかりな気がした。一時間かけてたどり着いたころにはすでに客はどこかへ逃げ去って、店主や雇人が崩れ落ちた屋根や硝子の破片をよけながらうろうろしているばかりだった。

八百屋はもちろんとして、ついでに寄っていきそうな店という店の人間をつかまえて尋ねてはみたが、そういうふたり連れは覚えていないと邪険に言われるばかりだった。入れ違いになっただけだと願って急いで家に帰っても、倭子も女中もいはしなかった。

どうしようかと考えあぐねているうちに、鬢（びん）をほつれさせた女中だけが駆けて帰ってきた。

「まあ」女中は私を見るなり、ほとんど泣きそうな声を出した。「まあ、旦那さん、ご無事でなにより……。いや運のええこっちゃ。ひょっとしたら、思うて、心配で心配で」

「倭子は」

女中に連れられて、陽の傾きかけた中を、大通りから逸（そ）れたほうへ向かった。話を聞いてみると、東京でできた知り合いに店で出くわし、所用があって寄っている間に地震が来たのだという。

「その家どうなった」

「へぇ、揺れがあったんはちょうどお昼どきでしたさかい、炊事場から客間まで焼けてしまいました」

首筋が粟立（あわだ）つのをさすり、足をさらに速めた。

自然に集まったのか呼びかけたのか、寺が家をなくし動きようもない者を保護していた。

短い石段にも、境内や堂の中にも、風呂敷（ふろしき）包みを置いてひとを捜している男や、子に乳をやっている女がいる。

倭子は堂の隅、いちばん暗がりのところで、足を投げ出して座り込んでいた。背の小さい女だから、女中に案内されなければ見逃してしまったかもしれない。

声をかけると、倭子は身を固まらせて、隠れるように縮こまった。座り方が悪いのを注意されると思ったのかもしれない。そんな場合ではないと誰かの荷物をひとつまたいだところで、倭子の全身が見えた。

倭子の左足の膝（ひざ）から下、足首に至るまで、朽葉（くちば）色の銘仙（めいせん）が黒く焦げ、破れた場所から爛（ただ）れた肉の色が見えた。喉が悲鳴に似た短い音を立てた。倭子に話しかける前に、

「診てもらいましたか」と女中が割り込んだ。

「うん、病院なんかとても行かれへんなんだけど、焼け出されたお医者がいてね、どないしてもあかんひとよりこっち診てやる、いうて」

親切なひともいるもんやという倭子の声を聞きながら、ゆっくりと膝をその傍らにつく。揺れに襲われたときよりも、潰れた商店を見たときよりも、痺（しび）れに似た恐怖が湧きあがってきた。堂の床に呑（の）み込まれて、どこか知らない深い、暗い穴に落とされるような。

焼けた戸が倒れ、倭子の足に当たったのだと、女中が涙を滲（にじ）ませた声で言った。

「左足、利かんようになるかもしれへん」

埃と灰の臭いがする堂の奥で、倭子がぽつりとつぶやいた。

怪我人を動かしたくはなかったが、罹災者が詰めかけている中、いつまでも場所を取っているわけにはいかない。倭子を背負い、女中を連れて堂を出た。境内かその外からか、子どもの泣き声が高くあがった。

肩貸してくれたら充分ですさかいと倭子は言ったが、私は背から降ろそうとはしなかった。大川の川べりに出た辺りで、肩を摑む倭子の手が今さらのように震えだした。

「家は」

「無事や」

倭子の顔を振り返ろうとしたが、夕陽が目に入ってうまく捉えられなかった。

もうじき川から離れて、見慣れた界隈に戻れるというところで、足許からくぐもった水音が聞こえてきた。何か場違いに派手なものが、水面にたゆたっている。

まだ若い、女の死体だった。身体はほぼ沈んでいるのに、桟橋の折れた杭に襟が引っかかって、沈みきれずにいる。簪の抜けかけた日本髪に、泥と灰と腐った木の葉が貼りついている。金の刺繍をしたものらしい赤い振袖の、焦げた裾が扇のように広がっていた。

私も女中も足を止めて、無言のまま、その女の死体を見ていた。やがて川の流れに押されたのか、身体の重みに耐えかねたのか、襟が破けて杭から離れ、赤い振袖は沈んでいった。

倭子もその死体を見ていたのは、髪が私の耳をかすめていることから分かっていた。

「……もう、去のか。大阪へ、去のか」

故郷に帰ろうか。

倭子は私の首に額を付けて、せやな、とかすれた声で答えた。

それきり無言の倭子を背負い直して、また私は歩き出した。家に帰るまで、誰も、何も言わなかった。

すぐにでも東京を発ちたいところだったが、地震のせいで道が絶たれ、大阪行きの列車に乗るには六時間は歩かなければならなかった。怪我をした倭子をそんなに歩かせるわけにはいかず、東京を出るための片付けも残っていた。結局、預金や借家、仕事の整理に追われて日が延び、帰阪したのは秋も半ばに差しかかったころだった。

医者が誰も彼も手一杯で充分に診てもらえなかったためか、倭子の傷の治りは遅かった。

私としてはまず帰阪したら倭子の父親に診てもらいたかったのだが、倭子自身がそうと言わずとも実家に顔を出すのを渋ったので、大阪駅で降りてから真っ直ぐ義兄の家に向かった。

義兄の店は平野町からずっと南の心斎橋(しんさいばし)に移っており、賑々(にぎにぎ)しい通りにも見劣りしない派手な店構えと、絶えず出入りする客足の多さに気後れしたのを覚えている。

出迎えた義兄は、東京から逃げ帰ってきた私たち夫婦を異様なほど歓待した。親切心からだと素直には受け取りかねるほどだった。今は店の主人とはいえ、もとは丁稚時代からこき使われてきた義兄のこと、「ぼんぼん」として育った私が苦労をしているところに手を差し伸(の)べるのは、ある意味で愉快だったのだろう。

「まあ、幸いでごあしたな、命が無事でな、それが何よりでごあります」

と慇懃(いんぎん)な口調で言いながら、いつ倭子の傷を哀れもうかとちらちら視線を投げかけていた。うまく正座のできない倭子は、義兄の目を避けるようにうつむいて、両手を腿(もも)の上で握りしめていた。

義兄の態度には正直にいうと、複雑なものがあった。しかし平野町の家がまだある、店の部分を改築するからそこに住むといいと言われたとき、その歯がゆさはどこかへ飛んでしまった。

「店の部分を、わざわざ?」と思わず訊いていた。「あそこは船場のなかでも一等、ええ土地でっせ。店のまま誰かに売り渡したほうがええものを、貸家にするつもりでっか」

義兄は困ったように頭を掻いて、

「そらもっともな話でございます。けんど、わしは六代続いた店の土地を、どこの誰とも知らん者に売り渡しとうない。どうせ買うのは一代でのし上がった、古い暖簾も持たへん人間やさかい……。それやったら、古瀬の血を引いた壮ぼんに住んでもろたほうが、わしも助かるんです」

何かがおかしい、とは思った。土地を他人に渡したくないのならば、なぜそもそも平野町から、心斎橋に店を移したのか。だがここで問い詰めるのは良くない、とも分かっていた。なにしろこちらは怪我人を抱え、住む場所にも困っているのだから。

結局、義兄の申し出を受けるほかなかった。一刻も早く、倭子を落ち着いた場所で養生させてやりたかった。

ひと月ほど手狭な下宿に留まり、改築が終わったとの知らせを受けて元の実家の前に着いたところで、私は思わず立ち尽くしてしまった。

上がり藤を染め抜いた暖簾、「喜志井屋」と店名を書いた看板、開け放った戸から見える客の賑わい、硝子の陳列棚、店の者の広げて見せる色鮮やかな反物の数々は嘘のように消え、ごく地味な戸口がそこにあるだけだ。さらに見上げると、かつての三階部分は潰され、二階の上にはぽかりと空が広がっていた。

改築したとは聞いていたが、私の幼いころから見慣れていた店が永遠に消えてしまったのだと眼前に突きつけられると、胸が締めつけられた。倭子と女中を振り返らないまま、

「こらまた、えらい変わりようやな。別の家かと思たわ」

と空元気を出して言うと、倭子が横に並んで私の袖を引いた。

「外見は変わっても、わてはここで『おみまぁい』言うたの、よう覚えとります」

いつもの、眉を少し下げた微笑みでそう囁く倭子には、ここを仕切り直しの場所としようという静かな気概が漂っていた。

倭子は傷などなんでもないかのように振る舞ってはいたが、片足はやはり不自由になり、私に気付かれないよう、眉をひそめながらひそかに足をさすることもあった。倭子が父親の世話になるのを遠慮しているのならばと、別の医者に診せても、通り一遍の処置しかしなかった。というよりも、それ以上のことができなかったのかもしれない。

　信心深いほうではないが、倭子が少しでも良くなればと思い、できることは何でもした。古くから薬種問屋の栄える道修町には、医薬の神を祀る少彦名神社——地元の者は合祀された中国の薬神から「神農さん」と呼んでいる——がある。秋も深まる十一月、その少彦名神社の例祭で無病息災を願う張り子の虎を貰ってきて、寝室の天井に吊った。黄色く愛嬌のある虎の顔に色鮮やかな五葉笹、赤い短冊を見て、

「懐かしいなぁ。実家におったころは、お父様がお医者やさかい、伝手でお祭りよりちょっと早う貰えましたんや。それが嬉しゅうて、ゆらゆら首動かしたり、頭撫でたりしとったら、お母様にえらい叱られましたわ」

　と笑った。

　まだそういう元気が、そのころの倭子にはあった。

　倭子の調子が悪くなってきたのは、十二月に入り、綿を入れた羽織姿が往来を行きかうようになってからだった。

「なんや傷が疼いてよう動かん」

　そう訴える倭子の顔が青ざめているのを見て、これは普通じゃない、と慌てて義父を呼んだ。この際、信頼できるのは義父だけだった。

車夫の「おみまぁい」が聞こえてから一時間ほどして、診察を終えた義父に呼ばれた。胸の底にざわつきを覚えながら向かい合って座ると、義父が煙草を取り出した。

「最初の処置がうまいことなかったたな」

堂を汚していた土埃と灰か、親切心を出した医者の腕か。理由はいくつか思い浮かんだが、今さらどうしようもなかった。

「それとまぁ、こないなこと言うのもなんやけど、無理に移動させたんが良うなかったんかもしれん」

ぐっと喉を詰まらせた。ほとんど反射的に、

「せやけど、東京におったとこでどないしょうもないし、あっちもえらい物騒になってもうたし、怪我人にええとこやとはよう言えしません」

口に出してから、気まずいままに、畳の目ばかり見つめていた。せやろなぁ、と義父が沈んだ声で同意した。

私も煙草を取り出しかけ、しかししまい、娘に傷を負わせてしまったことを詫びようと口を開きかけたところで、

「運が悪かったな、こればっかしは……」

そう言って相手は立ち上がった。

下げるべき頭を下げ損ね、義父を見送って玄関から戻ってきたところで、奥から、

「まあ、爪先（つまさき）まで熱うなって……」

女中のうろたえた声が聞こえてきた。

それから義父は何度か倭子を診たが、事態が悪くなっていく一方なのは素人目にも分かった。傷が開いて膿（う）み、たびたび熱を出した。病人がひとりいると、どうやっても生活が病人を中心に回る。熱が下がっているときのほうがしだいに少なくなり、年暮れのせわしい平野町の中で、私の家にだけ陰鬱（いんうつ）さがこびりついていた。

十二月の半ば、めずらしく熱が下がり、倭子が女中に火鉢を寄せさせて、

「お足（みや）ばっかり熱うて、他のとこ寒うて、なんやよう分からへん」

そう乾いた唇で言って力なく笑ったのが、私が聞いた倭子の最後の言葉だった。

日が暮れきって聞いたのはうめき声ばかり、それがうわごとになり、弱々しい息になり、夜の明ける前に倭子は死んだ。

結婚してから一年と少し。葬式のさなか、読経を聞きながら、倭子が傷を負ってから一度も、痛いと口にしたのを聞いたことがなかったのにふと気が付いた。

巫女の単調な詠唱に誘われて半ば閉じていた目を開け、今自分がどこにいたのかをようやく思い出した。視線を上げると、巫女がいつの間にかこちらに向かい、ほの暗い中から、うつむいて右手を差し伸べている。

——軽く握っとくなはれ。奥さんが来はりますさかい。

差し出された手を、すぐに握ることができなかった。巫女が騙っているだけなのではないか、これから倭子のふりをした他人と話すはめになるのではないか。

袂を上げかけたまま止まった私を促すように、白い手がわずかに動いた。覚悟の決まらないまま、そっと握ると、かさかさとしているように見えた掌は思いのほかしっとりとしており、倭子の手を思い起こさせた。

倭子が生きていた時分にときおりそうしたように、指先だけ動かして掌を撫で、それから少し力を込めて握ると、相手も応じるように握り返してきた。その、指の肉だけで圧してくるような、遠慮がちな握り方には確かに覚えがあった。

倭子、と呼びかけて、じっと返事を待った。もしほんとうの倭子なら、私の名前を言う口ぶりで分かるだろうと思った。きっと名前を呼ぶだろう、あの柔らかい中に芯（しん）の通った声を出すだろう。手を握っているうち、そうとばかり考えられてきて、相手の口許をじっと見つめた。

唇が動き、高い音が喉の奥から漏れ出て、やがてかすかに聞き取れるほどの言葉となった。確かに倭子の声だった。あの短い東京での生活の間に、何度も聞いた倭子の声音だった。

だが、何を言ったか——言った、のではなかった。

私の名前を呼ぶのではなく、こちらに語りかけてくるのでもなく、私の耳に懐かしさを感じさせながら、

なにがやさしや

蛍がやさし

倭子——倭子のようなものは歌った。

何の曲かは分からない。倭子がこれを歌っていたところなど、まったく覚えがない。それだけならまだしも、普通の歌い方ではなかった。遠いところから聞こえてくるかのようで、音程すらはっきりとは摑めない。それらしい節回しを歌っていたかと思えば、急にふつりと途切れ、また何事もなかったかのように歌いはじめる。

草のかげで

握っているのは倭子の手であり、聞こえてくるのは倭子の声だ。だというのに、これは妻ではない、この女は違う、と頭の中で何かが訴えかける。目の前にいるのは倭子ではない。巫女ですらない。

火をともす――

激しい勢いで手を振りほどかれ、前のめりに倒れかけた。空をかすった右手が床につき、ざらついた埃が掌に触れた。

わけの分からぬままに自分の爪に注いでいた視線を上げると、巫女が先ほどまで差し出していた指をもう一方の手で摑み、身をよじってこちらを睨(にら)んでいた。怒りというより、戸惑い、混乱し、恐れる目つきだった。

「今……」

巫女がもとの、低い声で問いかけた。

「わて、なんぞ言いましたか」

やはり霊を降ろしている間は、自分の意識はないものらしい。私は努めて気を落ち着かせ、

「喋った、いうわけやないでっけど」

そこまで言ったが、何と答えていいのか迷った。

「歌(うと)うとりました」

「それ、奥さんの知ってはる歌でっか」

「妻がどうかは分からしませんけど、私は一度も聞いたことはごあへん。子どもの歌うような歌……もとの家が近所ですよって、私が知っとってもおかしないはずでっけど」

巫女はひとつ息をつき、居住まいを正した。それでも肩の辺りはまだこわばっている。

「これはなぁ……」

そのあとも何かつぶやいたようだったが、内容までは聞こえなかった。握られていた手に視線を落とし、黙りこくったままでいる。

「覚えてはらへんでしょうけど、妻の声でした」

沈黙に耐えかねて、私から切り出した。

「なんぞ、いつもと違たんでっか。その、いつも降ろしてはるのと」

巫女はすぐには答えなかったが、やがて細い顎をこころもち引いて、私を正面から見据えた。

「奥さんな、ほんまに行んでもうたんでっか」

何を訊かれているのか、一瞬分からなかった。死んだのか、妻がほんとうに死んだのかと、この巫女は訊いているのか。

「きちんと死に水与えて、弔いました。死に顔もよう覚えとります」

答えているうちに、侮辱を受けたという実感が湧いてきた。

「今しがた降ろしといて、何言うてはるんでっか」

私の声が部屋に響いて、薄暗い天井から跳ね返ってきた。巫女の顔は白いまま、目つきばかりが鋭くなっていく。

「古瀬さんな、わてが何言うとるか、よう分からへんかもしれへんけど。奥さんの霊、降ろしにくいんですわ。いつもなら、すぅっと降りて来るもんが、なんや靄でもかかっとるみたいにぼんやりして、うまいこと入ってけぇへん」

巫女でもない私には、その感覚が摑めなかった。ましてや、なぜそうなったのかなど見当もつかない。聞かれてはまずい相手がいるかのように、巫女は膝を少し私のほうへ寄せた。

「気をつけなはれな」

はったりで脅しているのではないことが、巫女自身の声もわずかに震えていることから分かった。

「奥さんな、行んではらへんかもしれへん。なんや普通の霊と違てはる。呼びにくい、いうのは、そういうことやさかい」

気をつけなはれな、と巫女は薄闇の中で繰り返した。

二

家に着いたころ、日は落ちたばかりで、残照が二階の屋根を薄ぼんやりと浮かび上がらせていた。もとあった三階を潰したのは貸家にするからというだけではなく、東京の地震のせいで三階建ての家に不安を覚えたからなのだと聞いていた。逃げのびてきたはずの災害が、故郷にまで影を落としているのかと思うと、どことなく気が沈む。

倭子のいない今、女中と私とではこの家はよけいに広く思えた。

かつての店の部分は潰され、土間と玄関部屋、八畳間と中庭が造られていた。中庭に降りられる八畳間は板敷きにし、「アトリエ」などと称して仕事場として使っている。

中庭を囲む廊下から通じるかつての仏間は、今は客間として使っており、私と倭子はその奥の十二畳間で寝起きしていた。十二畳間が臨む前栽（せんざい）に春の陽が差すのを倭子は生きるよすがとしていたが、ついに叶（かな）わずに逝ってしまった。

昔は特別な客を通していた東側の内玄関はほぼ使っておらず、吹き抜けの炊事場は女中の領分だから私はめったに足を踏み入れない。もともと家族や奉公人が使っていた二階は、今や女中の寝室のほか部屋のほとんどが空いたままだ。三階に通じていた階段も、残されてはいるものの、上がりきったところの板戸は閉め切られている。

この家に家族と何人もの女中、番頭、丁稚たちが寝起きし、商売をし、生活をしていたかつての賑わいを覚えているだけに、家に帰るたびにくつろぎというよりも寂しさがまさった。

私は奥の寝室にはほとんど寝に行くだけで、家にいるだいたいの時間はアトリエで過ごしている。その日も帰ってアトリエに落ち着くと、女中が呼びもしないのに茶を運んできた。その手つきがいつもと違ってのろくさとしているので、

「何や言いたいことがあるんやろう」と水を向けてみた。

訊かれるのを待っていたと悟られないようにしているが、それでも少し逸った口調で、女中が切り出した。

「巳ぃさんのとこな、行てきはったんでしょう」

いわれは分からないが、女中は巫女町で霊を降ろす女たちのことを「巳ぃさん」と言い習わす。

「うん、行てきた」

「どないでした」

問われてぎくりとした。巫女など半信半疑だと思って出かけたのだが、倭子が実際に降ろされて、言葉を交わしたというのならまだしも……。頭の中に倭子——倭子らしきものの歌と、巫女の警告がよみがえった。

死んでいないかもしれない。

「どないも何も、あれ騙りやないか」

一瞬迷った末に、わざと突っぱねるように返した。

「降ろす降ろすいうて、似ても似つかん様子で喋るさかい、呆れて帰ってきてしもた」

女中は落胆と申し訳なさが混じった声を出した。

「でも、わてのお祖父さんを降ろしはったひとは、どこそこに金を隠してある言うて、探してみたらほんまにあったんです」

「金の隠し場所なんて当てずっぽでも分かるもんやろう。まぁそれもだいぶ前のことやろうし、その巫女はほんまもんやったかも知らんけど、今日のはなぁ」

そうでっか、と答える女中の顔が沈んでいるのに気がとがめたが、事実を告げたところでどうにもならない。女中が引いたあと、布に包んで置いてある、東京から持ち帰ってきた切り抜きを取り出した。倭子が私の知らない間に集めていた、私の描いた挿絵。
机の上には描きかけの、というよりも描きあげられなかった素描が何枚か散らばってい
た。どれも倭子の顔を思い出して描こうとし、ついにできなかったものだ。顔にはぼんや
りとした影だけついていて、瞼の線も、唇も形にできていない。
写真は東京から持ち帰っている。しかし見るのが怖かった。見てしまえば、自分の描く
倭子は、写真をただ写し取っただけのものになる。私の覚えている倭子にはならない。水
をこぼしてしょげ返る、浴衣が縫い上がったと言って嬉しがる、そんな倭子には決してな
らない。
生きているうちに、倭子を描けばよかったと今さらながらに悔いた。描いてやると結婚
したときから言っておきながら、ついに絵にしないで死なせてしまった。
立ち上がり、奥の寝室に向かう。倭子のことを思い出したときは、抑えつけるよりもい
っそ気が落ち着くまで偲んだほうが楽だ。
知らないひとがこの十二畳間を見ればまるで妻も生きているかのように思えただろうが、
倭子のものはどうしても片付けられなかった。部屋の隅に三面鏡台があり、引き出しの中
にはまだ櫛や簪、化粧刷毛の類いがしまわれている。針仕事の道具もそのままにある。仕

立てかけた半纏すら、女中に続きを任せずしまっている。夜中にふと起きて眠れないときなど、まだ布団がもう一組敷かれているような気さえした。

もう暗い縁側に向かって座りかけたところで、何か覚えのある匂いが鼻をかすめた。すぐに消えてしまったが、白粉の匂いのようだった。

あの女中だろうか、しかし化粧っ気のない女だし、まさか倭子の化粧道具をいじりはしないだろうと考えたところで、鏡台にてらりと光るものが置かれているのが目に入った。梅をあしらった、白鼈甲の簪だった。見てすぐに、婚礼の日に身に着けていたものだと思い出した。他はセルロイドや硝子のものが多かったし、白鼈甲は他にないはずだ。

女中が勝手に持ちだしたに違いない、といよいよ呼びつけようとして、声を喉で止めた。この簪は他のとは一緒にしまっていない。手入れも倭子自身がやって、誰にも置き場所を教えようとしなかった。

大事なもんやさかい。

一度だけ倭子がそう言ったことがある。忙しい仕事の合間に、あの女中がわざわざ探し出してくるものだろうか。考えてみれば、若い女の挿すような簪に興味を持つのも妙な話だ。念のため、三面鏡台の引き出しや扉の中をすべてあらためてみたが、なくなったと言い切れるものはない。

食事を運んできたときに、それとなく簪のことを話題に出してみたが、女中は首をひねって、

「はあ、わてはお式のときは目の回るようでして。そないな簪やとは知りませなんだ」

と答えた。

もう一歩踏み込んで、鏡台に簪があったことを質して（ただ）も知らないという。普段から嘘がつけない点で信じてはいたし、やましい様子など少しもうかがえない。

「もしかしたら」女中は立ち上がりがてら、「御寮人（ごりょん）さんがご自分で出してきはったんかもしれませんわ」

娘を偲ぶような懐かしさから出た言葉だと分かってはいたが、箸（はし）を持ちかけた指が固まった。寝室で白粉の匂いがしたことを思い出す。

やはり倭子の匂いではなかっただろうか。

どこかにまだ残り香があるような気がして、ようやく箸をつけても、床に就いたあとでも、まだ気持ちが落ち着かなかった。

家のことは気にかかったが、用事があれば空けないわけにはいかない。巫女に会ってから二日後、心斎橋で同業が集まるというので、ひとつは顔を売ることから出かけていった。東京で仕事をしてきたから輪に入りにくいかと帰阪当初は気を揉んでいたが、私と同じく地震から逃げてきた者もあって、思ったよりすんなりと受け入れられた。その日も美術学校時代の同窓を偶然見つけ、他の同窓の話も出たが、

「あいつは地震で死んだよ。簡易食堂の屋根に潰されて」

などと聞くと、胸の辺りが重くなった。

集まりから帰ると、玄関の三和土(たたき)に女の履物があるのが目に入った。若い女のものではないし、私の姉か倭子の母親だろうか、と考えていると、女中が待ちかねていたように小走りに来てささやいてくる。

「けったいなお客(しと)ですわ。わて見たこともごあへん。お名前お訊きしても答えまへんし」

私が眉をひそめるのと同時に、玄関部屋に、流行(はや)らない千歳茶(せんざいちゃ)の小紋縮緬(こもんちりめん)を着た女が顔を出した。昼日中の明かりで一瞬誰か分からなかったが、よく見ると巫女町の女だった。

なぜ来たのか、どうしてここが分かったのか。うろたえながらも客間で改めて座し、挨拶もそこそこに質す前に、

「平野町でな、絵ぇ描いてはる古瀬さんいうたら一軒しかおまへん言われましたさかい」

あっさりと巫女が先回りして答える。こうして明るい中で対面してみると、狐の顔によく似ていた。

私の狼狽しているのがおかしいのか、巫女が小さく吹き出した。

「なんや、わてみたいなんは、明るいとこ出てけぇへん思てはったんでっか」

「そないなわけやないでっけど……何のご用で」

問われて巫女がすっと背を伸ばすと、急にその辺りだけ、薄暗くなったように感じた。もはや笑ってはいない。一昨日と同じ、強い目つきをしている。

「奥さんのことで、少し」と巫女は言った。

私は耳をそばだてて、女中が近くにいやしないか探った。まさか立ち聞きなどしないだろうが、やはり気配はない。

「奥さんな、わても気がかりやったさかい、いろいろ訊いてみましたんや」

誰に訊いたのか、何を訊いたのか。質問したところではぐらかされそうな気がした。

「呼びにくい理由はいくつか考えられんこともなかったんでっけど。奥さん、急に行んでもうたんと違いますやろか。こう、事故かなんかで」

見当違いなことになぜだかほっとして、怪我が元ではあるが死ぬまでには間があったと答えた。巫女は、ふん、と曖昧（あいまい）な返事をしてしばらく考え、

「葬送な、きちんとしはりましたか」と重ねて問うた。

お前は妻をろくに弔いもしない人間か、ということなのか。思わず頭に血が上りかけた。誰が妻の葬式をおざなりにするものか。誰がそんな扱いをしておいて、口寄せのため巫女のところへ行くものか。口を開きかけたところで、「せやのうて」と押しとどめられた。

「やるべきこと、きちきちとしはったか、て訊いとるんです。逆さ着物とかな、経帷子（きょうかたびら）やら頭陀袋（ずだぶくろ）やら、家から出すときの棺（ひつぎ）の向きやら。お家（うち）によって違いますさかい、こうしなはれとはよう言わんのでっけど」

巫女の問いの真意はまるで分からなかったが、弔いの手順を正しく行なったか、と訊かれていることだけは分かる。

「お心遣いしてもろて、おおけにはばかりさん。せやけど、妻の葬儀はみな家の通りにしてやりましたよって……」

怒りを表に出さないようにはしたが、自分の声が低くなっているのが分かった。母と父が死んだ際、帰阪したときにはすでに準備が進んでいたから、葬儀の勝手を私自身心得て

いるわけではなかったが、義兄がこまごまと教えてくれたことには違えず従った。これ以上なく気を遣った、やり残したことがあるはずがない。

巫女はすぐに返事をしなかった。家の奥、あの十二畳間がある方向へちらりと目をやり、

「せやったら、どうして居るもんか」

とつぶやいた。

本来なら、ここで一昨日の簪の件を話して、多少なりとも向こうの見解を聞くべきだったのかもしれない。だが、弔いに関してまで嘴を挟まれ、死人の扱いを疑われて、素直に話す気にはなれなかった。

「ご心配おかけしてえろうすんまへんけども、うちのことは私がみな預かっとりますさかい」

これ以上関わるな。最後まで言わずにおいたが、相手の細い目がぴくりと動いた。

数秒の沈黙のあと、巫女がひとつ息をついた。

「そない言うてくれはるのやったら、わても安心できます」

とても安心しているとはいえない口調だったが、巫女はすでに立ち上がっていた。このまま話しても埒が明かないと思ったらしい。

廊下に出る前に、首だけ傾けるように振り返って、せやけどひとつだけ、と言った。

「何が来ても知りまへんさかいな」

そのまま見送りも待たず、巫女は往来へ出ていった。

単なる脅しだ、と思いたかったが、少し遅れて外に出、巫女の後ろ姿が雑踏に消えるのを見届けたあとでも、不安が拭いきれなかった。

あの巫女には確かに感じ取れている。倭子か、倭子のようなものが、この家にいる。

それに対してどういう感情を持つべきかすら、そのときの私には分かっていなかった。

三

巫女が訪ねてきてからしばらく、二月に入っても、彼女の警告が現実のものとなることはなかった。「何か」が来ることはおろか、簪の一件以来これといって妙な出来事はない。
こけおどしだったのだ——と自分を安心させてはいたが、しかし一回会っただけの人間をわざわざ訪ね、注意など残していくだろうか、という疑問も消えずに残っていた。

考え込んで気分が晴れないときは、私は学生時代からの習慣を利用することにしていた。画材を持ってあちこちを歩き回り、気に入った場所があれば、何時間でも写生をする。目の前の風景を観察し、構図を考え、手を動かしてさえいれば、あとのことは何も考えずにすんだ。

挿絵や広告の仕事はこなしていたが、ゆくゆくは油絵を描きためて心斎橋辺りで展覧会を開きたいと考えていたことも、写生に出かけていた理由のひとつだった。もとは油絵を学んでいたから、それなりの野心はまだ残っていたといえる。

風のないよく晴れた日、中之島(なかのしま)に向かって家を出た。近場で、絵になりそうなのに手をつけていないのを思い出したからだ。地震後東京から帰ってきたとき、市電で中之島を通り過ぎたはずだが、そのときは疲れと行く先の心配から外を眺める余裕もなかった。

平野町通から道幅の広い堺筋(さかいすじ)に出て北へと歩き、獅子(しし)を模した石像がたもとに据えられている難波橋(なにわばし)を渡ると、堂島川(どうじまがわ)と土佐堀川に挟まれた中之島にたどり着く。私が東京に発ったときにはまだ落成していなかった中央公会堂の赤煉瓦(あかれんが)が冷たい空気の中で冴(さ)え、遠い外国にでも来たような気がした。

背の高い西洋建築が増え、私の幼いころから中之島もずいぶん変わったはずだが、こうして改めて来てみると、昔はここがどういう風景だったのかほとんど思い出せなかった。

どうせなら重厚な建物を扱おうかと考えたが、その前にもう少し軽いものを描いてみようと思い直し、公会堂に背を向けて歩いていく。小さな橋を渡るとすぐ、中洲(なかす)の東端にある公園に出た。裸木に囲まれて噴水があり、まだ寒いせいか二、三のひとが逍遥(しょうよう)している他には誰もいない。ここなら良かろうとチョークを取り出し、冷たい手に息を吐きかけた。

公会堂や大阪市庁舎を背景にした噴水が形を成してきたとき、ふいに紙の上に薄い影が差した。外套(がいとう)の襟を立てた、見慣れた顔が私の絵を覗き込んでいる。

「この寒いのに……」赤くなりかけている鼻に白い息がかかる。「よくやるね、お前も」

同窓の笠木(かさぎ)という男で、東京育ちだが震災で焼け出された身だった。呆れたような口調だが、その脇にはしっかり画材が抱えられている。

「そらお互いさまやな」

「まったく。ここにはよく来るのかい」

笠木が突っ立ったまま訊いてきた。

「いや。目と鼻の先に住んどるくせに、戻ってきてからは今まで来なんだ」

「僕はよく来るよ。ここいらは絵になるからね。高いところから描いたら、ビルディングやら川やらが見下ろせていいだろうな」

「せやなぁ」

会話が途切れてすぐチョークを動かす。喋りながらでも描き続けるのが私の常だから、笠木も慣れたもので、ぽつりぽつりと取り留めのないことを話しかけてくる。

地震後の苦労話から心斎橋の喫茶カスターニアや道頓堀(どうとんぼり)のカフェ・パウリスタといった芸術家たちのたまり場の近況、今の画家の批評へと話題が飛び、それが落ち着いたところで、ふと笠木に目をやった。写生を始めるでもなく、画材を取り出そうともしないまま、視線を私に注いでいる。

「どないした」

手を休めて、水を向けてみた。笠木は切り出すのを迷っているのか、しばらくあちこちに目をやって、

「ここに描きに来る道すがらな、お前の家を訪ねてみた」

「ああなんや、入れ違いになってしもたんか。すまなんだな」

それは別にいいんだが、と曖昧な返事をしたまま、外套の襟を掻き合わせ、

「古瀬な、前に津山(つやま)の話、しただろう」

私と同じ大阪の生まれで、地震で死んだ同窓のことだった。笠木とは特に親しかったが、なぜ今そのことを言いにくそうに話し出すのだろう。

「したなぁ。実家は高津(こうづ)神社の近くやったか……お悔やみ言いに行かなならんな」

「それだけどな、津山、生きてるかもしれん」

チョークを取り落としそうになった。あの混乱のこと、生死がはっきりしないのもめずらしくはないが、笠木が心斎橋で話したときは確かだと断言していたからだ。彼のほうでもそれを覚えているのだろう、ばつの悪そうな顔をした。

「いや、遺体は確かに見つかってはいないんだけれど。死んだって何人も話してたし、東京の津山の女も泣き喚(わめ)いてたしさ、僕もそうとばかり思ってたんだが」

「見たひとでもおるんか」

「うん、それが知り合いくらいなら見間違いだと言えるけど、実の母親だから……。声もかけられないうちに人混みにまぎれて見えなくなって、家じゃえらい騒ぎらしいよ」

それで母親が直々に笠木の下宿にまでやってきて、行方を知らないか、せめて噂だけでも聞いていないか、と泣きついてきたらしい。そう問われても、笠木自身も死んだと思い込んでいた人間のこと、すっかり混乱して私を訪ねてきたという。

「そないなこと言われても、笠木が知らんもんを、私が知るはずないやろう」

そうだろうな、と笠木は白い息とともに答えた。

「母親の見間違いなら、まだ僕も気が楽なんだが。あるだろう、街で死んだやつと背格好が似てる人間を見て、ひょっとしたら、なんて思ってしまって」

それは私も覚えがあった。住んでいる町で、心斎橋で、道頓堀で、若い既婚の女を見れば、倭子に似ていると思う。倭子そのひとだと思うこともある。しかしその一瞬あと、必ず、妻は死んだのだという事実が突き刺さってくる。

笠木は苦々しく眉をひそめた。

「死んだと決まれば、まだ諦めもつくんだがな。生きているかもしれないなんて言われちゃあ……」

何か答えようとしたが、どう言葉をかければいいのか分からなかった。笠木も津山の母親に対して、同じ気持ちだっただろう。

風で紙がめくれ、押さえた手が冷たくかじかんできていた。写生もここいらで引き上げ時らしい。画材を片付けながら笠木を家に誘うと、相手は首を横に振った。

「いや、少し描いてみる。落ち着かないときは手を動かすに限るから」

どの絵描きも同じようなものらしい。苦笑してその場を去り、橋を戻ったところで笠木を振り返る。笠木はもう写生に集中しており、こちらを見ることはなかった。

平野町にたどり着き、自宅の黒い瓦屋根が見えてくると同時に、笠木の言葉がよみがえってきた。

――死んだと決まれば、まだ諦めもつくんだがな。


夕方ごろ、描きためた素描をあれこれ眺めて、新しい油絵をどんな構図にしようか悩んでいるうち、頭がふらついてきた。熱を測ってみると、三十八度近い。

「せやから言うたやないでっか、この寒い中歩き回りはったら風邪ひきまっせって」

女中にたしなめられて早めに床に入り、浅い眠りと目覚めを繰り返しているうちに日が暮れた。何回目かに目覚めたときにはすでに真夜中を過ぎていたらしく、女中の立ち働く音も聞こえてこない。今ごろは二階の寝室でもう休んでいるのだろう。

額に手を当てると測ったときより熱が上がっているようで、起き上がろうにも身体が重い。とはいえ、しばらく眠っていたから寝付けもしない。寝返りを打ち、左肩を下にする。

暗闇に目が慣れ、床の間の輪郭がぼんやりと浮かび上がってきたとき、客間か、その向こうの廊下のほうから物音がかすかに聞こえてきた。

やはりまだ女中が起きて仕事をしているのだろうか。私の世話のせいで手間を取ったとしても、どうも時間が遅すぎるように思えるが――。

とん、と床に手をつくような音がした。

中庭に面した廊下の床だ、と直感した。倭子が生きていたとき、たまに転んで廊下に手をついていた。片足が悪いのに、杖（つえ）を使うほどではないと言い張っていたからだ。壁があるところならともかく、中庭に転げ落ちたら危ないと忠告しても聞かなかった、その倭子の足音が。

ゆっくりと、近づいてきている。板張りの床を踏む音がする。左足はそっと、右足は体重がかかって大きく、襖（ふすま）を開ける音がし、さらにもう一歩。


おいて……ろ……こちゃ……うたん……


歌が聞こえてきた。

歌、だろうか。音程は曖昧で、聞こえたかと思うと消え、また耳に入る。声は倭子のもののようであり、しかしどこか違う。倭子の声より高いときも、かすれて低いときもある。

おいて廻ろ……こちゃ櫓は押さ……なりゃこそ櫓は押し……る……

起き上がってもいないのに、目が回るようだった。身体が動かない。床の間を見ている瞼すら、閉じることができない。

足音が客間の畳を踏む。歌声が近づいてくる。

私がいる寝室の襖の、すぐ向こう側にいる。

八おいて廻ろ　こちゃ鉢割らん　……こそ鉢割りまする……

八。この歌は知らないが、それまでの歌詞が一から七までを歌っていたことは推し測れた。

歌いながら、ずっとこの家を歩いてきたのだ。

十っぱそろえて。かすかな歌声とともに、寝室の襖が開いたのが分かった。

十っぱそろえて　……なははや　なははや……　なはよいよい……

節の調子は、あの歌と雰囲気が似ていた。子どもの歌うような。巫女が倭子らしきものを降ろしたとき、歌った曲と。

声の主は、私の背の、すぐ後ろに座った。

冷や汗が額を伝うが、拭うこともできない。これは何なのか。倭子なのか、まったく別の何かなのか。

背後で畳をさする音、身動きをする衣擦（きぬず）れがした。それが座っているのはちょうど、いつも倭子が寝ていた辺りだった。

――布団を探している。

ふいにそんな考えが浮かんだ。暗闇の中、寝床を求めている。倭子の使っていた布団が、今はもう敷かれていないからだ。

私の頭の上に気配がした。

覗き込まれている。目を少し動かせば、誰が、何が私を見つめているのか、すぐに分かるだろう。

倭子の顔よりも、人間でない何物か、目鼻の歪んだ異形の顔ばかりが頭に浮かんだ。見てしまえば声を立てずにはいられない、正気すら保っていられないかもしれない何かの。

やがて気配が頭の上を去り、また衣擦れの音が聞こえてきた。足を庇っているのか、ゆっくりと、姿勢を変えている。やがて音は止んだが、背後の気配は消えない。

すぐ後ろに寝ている。

指一本でも動かせば、布団と擦れる音が聞こえるだろう。瞬きをすれば、この凍り付いた場を破るほどの音がするだろう。荒くなりそうな呼吸を胸に留める。また気配が頭上に覆いかぶさるのではないか。背後のものが今にも、私を組み伏せるのではないか。いつこの場を去ってくれるのか。一秒後か。夜明けごろか。

布団の間に何かが滑りこみ、私の背中へと這い進んできた。びくりとする間もなく、背中に掌と、五本の指が触れる。ひどく冷たかった。死んだあとの、倭子の身体に似た冷たさだった。

「壮一郎さん」

かすかな声がした。

紛れもなく、倭子の声だった。

喉に息が詰まった。ただ一度だけ、倭子がこうして背中に手を当て、名前を呼んだことがあった。仕事で描いた挿絵を見せはじめて三か月目、それまでうなずいていただけの倭子が、初めて嬉しそうに笑った日の夜だった。

よく覚えている。今置かれている手の位置も、名前を呼ぶ調子も、そのときとちょうど同じだった。

唇だけ動かして、倭子、と呼びかけた。手がすぅと、布団の間を滑り、襟首から頭へと動いていく。

「壮一郎さん」

倭子がもう一度言った。さっきよりも少し低く、柔らかに。

手がそっと頭を撫でた。幼いころ、母がたまに、こうして撫でてくれたのをふいに思い出した。耳にわずかに触れた手はやはり冷たかったが、もしかしたら私が熱を出しているからかもしれない。倭子は手の温かい女だったが、もし生前に私が熱を出して、触れてくれていたら、このくらいの冷たさに感じていたかもしれない。

今度こそ、倭子、と口に出そうとしたとき。

「そ――そ、そう、い、いいいいちろ、さ」

声が歪み、かすれて、捻れ、ぷつりと途切れた。

思わず身を起こし、何を目にするのかなどと考える前に、部屋じゅうを見渡した。誰もいない。暗い寝室が、うっすらと視界に浮かび上がるばかりだ。だが何者かがいるという感覚だけが、まだ残っている。

「ううう、うしろ、う、う、う、うしろ」

歪んだ声が寝室に響く。背中が何かにぶつかる。無意識のうちに後ずさって、障子戸に突き当たったらしい。

「うしろに――」

声が再び途切れ、それきり何も聞こえなくなった。気配すら感じられない。移動した様子もなく、ただすっと消えてしまった。

たっぷり一分も経って、ようやく、全身が冷や汗で濡れていることに気付いた。ゆっくり息をつくが、まだ心臓の鼓動は速いままだ。

うしろに。

最後の言葉を思い出して、恐る恐る振り向くが、ただ閉められた障子が見えるばかりだった。あれが脅しか警告かも分からない。自分が今体験したことが、熱のせいで見た悪夢だとも思いたかったが、きしむ身体と、背中に張り付いた寝巻の感触は現実そのものだった。

恐怖と動揺が収まりかけると同時に、自分の名を呼ぶ倭子の声が胸によみがえってきた。倭子が死んで以来、二度と聞けないと思っていた。背中に置かれたあの小さい、柔らかい手も、二度と触れることはないと思っていた。巫女が降ろしたときも倭子のそれだと思っていたが、比べものにならない。

何を犠牲にしても、聞きたいと思っていた声と、触れたいと思っていた手が、ついさっきまでここに響き、私の背に触れた。

それなのに、あれは消えてしまった。

静まりかける鼓動と反比例して、ある直感と、同時に胸が潰れるほどの懐かしさが湧いてきた。

この家に、倭子がいる。

わずか一年ばかりの生活の末に亡くして、二度と会えないと思っていたものが。

寝巻の腿にぽたりと雫(しずく)が垂れて初めて、自分が泣いていることに気付いた。

第二幕
心斎橋紅襟巻（しんさいばしべにのえりまき）

一

喫茶店に入ると、窓際の席に笠木がいるのを見つけた。向こうも気付いて、手を上げてくる。もう外套（がいとう）を椅子にかけてもおらず、糊（のり）のきいた洋服を着ている。

席に着く前からこちらが落ち着かなそうにしているのが分かったのだろう、私の注文が終わるとすぐ、

「言われた通り、津山の家に行ってみたけどね」と切り出してきた。

「母親が見たって一件以来、家に帰ってもいないらしい。ほんとうに生きているなら、今

ごろと言わず去年にでも、顔を見せておかしくないはずなんだが」

その口ぶりから、笠木は津山が生きているという望みをほとんど捨てているのが分かった。私ももし、倭子(しずこ)のことがなければ、母親の思い込みだと切り捨ててしまっただろう。

だが、今の私は事情が違った。

倭子と津山の状況は、多少の差異はあれど似通っているように見えた。死んだはずなのに、近しい者がその姿を見たり、声を聞いたりしている。

津山に関して何か摑(つか)めれば、倭子が私のもとに現われた理由も分かるかもしれない。だから笠木に頼んで家の様子を探ってもらい、私自身も津山の行方を大阪のみならず、東京に残った友人にも手紙で尋ね回っていた。私のほうは収穫がなかったから、笠木の訪問に期待をかけていたのだが、どうやら無駄足を踏ませてしまったらしい。

倭子に関しても、何もしなかったわけではない。倭子の友人や実家を訪ねて、それとなく倭子に似た人間を見はしなかったか、そうでなくとも何か妙なことが起こらなかったか訊(き)いてはみた。それほど多いとはいえない友人たちに、心当たりのある者はなかった。実家のほうも父親は多忙で会えず、母親と話をしても、

「そら、あない早う行んでもうて、気ぃ落としとるのはお互いさまですけれどもな。あん

まり思い詰めたらお身体に障りますよって……」

　言葉は優しくはあったが、その実、嫁に行った娘のことにはもう構えない、ましてや死んだ者がことを起こすとは思えない、と思われているのがはっきり分かった。

　実家のほうでは、まだ大っぴらにではないものの、倭子の妹をどこへ嫁入りさせるか探しはじめているのだと噂に聞いた。あの家にしてみれば、美人で気立てが良いという妹の嫁ぎ先を吟味するのに、まず姉を片付けたかったのだろう。大店（おおだな）の息子とはいえ、一介の絵描きに過ぎない私との結婚を承諾したのも、そのせいかもしれなかった。

　倭子を不憫（ふびん）に思うだけ、このままにはしておくまいという気持ちがつのった。東京に倭子を連れ出して来、地震のときに守れず、無理にでも倭子の父に早く診せず、むざむざと死なせた。後悔は日を追うにつれ、重くなっていく一方だった。

　そしてあの夜、私の背に触れた倭子の手の感触が、片時も頭を離れなかった。また倭子と出会えるならば。また以前のように、倭子の声を聞けるならば。そう願わずにはいられなかった。

「なぁ、笠木」

　声を低めて私は言った。

「もし、行んだ者がまだこの世にいるとしたらどないする。津山なり、他の友人なり。おまはんかて、津山とは親しかったやろう。もし津山が生きたもんのように現われて、こないして話して、また一緒にスケッチでもでけるんやとしたら、おまはんは嬉しいと思わへんか」

慎重に切り出したはずが、喋るうちに声が熱を帯びてきているのが自分でも分かった。笠木は最初、面食らった様子だったが、やがて眉をひそめて私をまじまじと眺めた。

「顔が青いな」

ひとこと言って、痛ましいものでも見るように目を逸らした。

「今のお前、津山の母親と同じ顔をしてるよ。あのひと、あれからずっと、息子の行方を捜してる。形だけだけど、葬式まで出したっていうのにさ。少し話してみたけどね、目が落ちくぼんで髪もほつれてさ、もう病人みたいだった。あれじゃ、そのうち母親まで死んでしまうよ」

笠木はしばらく黙って心斎橋の往来を眺めていたが、ふと私に視線を戻して身を乗り出した。

「お前は奥さんのことを考えてるんだろう」

答えられず、笠木の鋭い目を避けていると、低い声が重ねて放たれてきた。

「奥さんは気の毒だが、お前の目の前で亡くなったんだろう。津山も望みは薄いが、奥さんが亡くなったのはもう否定のしようがない。気持ちは分かるが、あり得ないことを追いかけるのはやめろ」

何か言い返そうと口を開きかけたが、あの晩の倭子について打ち明けるわけにもいかない。ぐっと唇を噛(か)む私に、笠木が慰めと警告の混じり合う声で言った。

「あきらめろ、古瀬。死んだ者は死んだ者だ。何をしようと、元に戻ることなんてないんだよ」

そんなことは望んじゃいけないんだ、と付け足した笠木の目は、伏せがちになっているせいか、光を映していなかった。

喫茶店を出ると、待ち合わせが遅かったこともあって日が暮れかけ、薄赤い夕焼けの名残が消えつつあった。両脇の店みせに並ぶ帯、宝石、化粧瓶が広告電燈の光を受けてぎら

ぎらと媚（こび）を売り、まだ弱い星の光よりよほど目を引く。

もし倭子が派手好みの女だったならば、こうしたところも喜んだだろうとふと思った。

こういう柄ならば好みかもしれない、この簪（かんざし）なら似合うかもしれないと虚（むな）しく考えながら歩いていくうち、目指していたのと違う橋に出くわした。行きに降りた駅からも少し遠いようだ。見上げると、とうに空が紺色に染まっていた。どうも近頃、ぼうっとしすぎているらしい。

引き返そうか、川沿いを歩いて別の駅から帰ろうかと迷っていると、橋のたもと近く、川へと降りる階段の下から男の話し声が耳に入ってきた。

どうも聞き覚えがある。同業か別の知り合いかと思う間もなく、今度はよりはっきりと声がした。

「帰られへんのや」

ぎくりとして欄干に寄りかかり、階段をそれとなく覗（のぞ）き込んだ。いちばん下の段にふたりいるようだったが、ほとんど橋の下で影になっており、姿まではよく見えない。

ただ、それが津山の声だということは、独特のしわがれた調子ですぐに分かった。

見咎（みとが）められても言い訳の立つよう煙草を取り出す。マッチを擦（す）ろうとしても上手（うま）くいかず、三度目で軸がぽきりと折れた。

「……申し訳のうて……頭の下げようも……家の金かてな、融通してもろたのも全部、おまはんのために使うてもうて……」

「ひとのせいにしてもらっても困りますよ」

津山は女に貢いでいるという噂があったから、話の内容からすると相手は津山の女らしい。彼女は東京にいると笠木は言っていたが、大阪まで一緒に来たのだろうか。津山が死んで泣き喚いていたというのは、笠木の勘違いだったのか。

しかし話している相手の声が、女にしては低すぎる。私と同じくらいの若い男が無理に、女の調子で喋っているようだ。

いやそれよりも、この津山がほんとうに運良く震災を生き延びていたのか、死んだが倭子と同じように現われてきているのか、判断がつかなかった。倭子とはどうも様子が違う。この津山は生きている人間そのものだった。妙な歌を歌うでもなく、実家に帰れないと嘆いている。

どちらだろうと迷っているうちにも、ふたりのぼそぼそとした会話は続いていた。声がさらに低められ、川べりに打ちつけられる水のかすかな音だけが聞こえていたかと思うと、やがて大きなため息が聞こえてきた。

「でも、どうしてもと言うのなら、帰れるように取りなしてあげなくもないわ」

津山が喜ぶ声を立てた。

「そうね、私のために苦労をしてくれたようだし、これで何もしないというのも可哀想といえば可哀想」

少し身を乗り出し、ふたりの姿がなんとか見えないか目を凝らした。津山は道の理髪店の灯(あか)りにわずかに照らされて、肩の一部くらいは認められるが、女らしき者の方はほとんど暗がりに隠れている。ただ変わった素材の、赤黒い鱗(うろこ)のようなものに覆われた襟巻だけが、粒状の光を反射している。

「で、でも金、使うてもうたのは」

「返せと言うの？」相手が笑った。

「そんな心配はしなくても結構。お家(うち)の大事な息子でしょう。身ひとつでも充分よ」

母親の心労を考えれば、その言い分は道義的にどうあれ家族には通じるかもしれない。だが、どことはなしに、相手の口調に不安を覚えた。あからさまに投げやりで、この会話などどうでもいいかのようだ。

「せやけど、このままのこのこ、帰れるもんやろうか」

「そこは私がうまくやってあげるから」

「許してもらえるもんやろうか」

「さあ」

「おまはんは、どないするつもりや」

「あなたが実家に帰れるなら、私のことはどうでもいいんじゃないかしら」

津山の返事らしい唸り声は曖昧で、実家に帰れるなら女は諦めても、というようでもあるし、まだ未練があるようでもあった。

私は欄干に頬杖をついた。津山の声と、困っている様子からして、とても死人には思えない。やはり津山は生き残って、どうにか大阪に帰ってきたのだろう。

この流れでは実家に顔を出すまでそう時間はかかるまい。津山が金の問題を解決して、家に戻れるかは別として——。

「タマヤタカ」

か、か、か、
津山と話していた者の、声が響いた。

ふたりの間だけに通じる符帳だろうか、と思った。だが違う。聞くものに覆いかぶさり、胸を冷たく締めつける、妙な声音だった。

「ヨミチワレユクオホチタラ」

川べりからの声が低く、重く唱える。逃れられない鎖を巻くように。

「チタラマチタラコガネチリチリ」

ぐ、という声が聞こえた。津山の影が動く。うずくまるその肩、その背中に、粒状の光が見える。

橋の上から道に戻り、川へと続く石段に足をかけた。二段、三段と降りる。水面のすぐ上、暗がりにひとり。女かどうか疑っていたが、やはり上背(うわぜい)がある。

そして津山――津山の身体は、赤黒いものに覆われていた。

電燈に鱗が光る。襟巻、のはずだった。少なくともさっきまではそう見えた。だが動いている。動いて伸び、蛇が幾重にも巻き付くように津山の身体を覆っている。大きな赤黒い一個の繭が蠢(うごめ)き、中のモノがもがく。肉をぷつりぷつりと剝(は)がし、臓腑(ぞうふ)を搔(か)きまわし、骨を折り、髄を啜(すす)り、咀嚼(そしゃく)する音が、繭の中からくぐもって聞こえる。

喰(く)っている。

繭がぶるりと震えたかと思うと、赤黒い塊はみるみる小さくなっていった。襟巻らしきものが解かれると、もう津山の身体はどこにも見つからなかった。指一本、骨の欠片(かけら)すら、残っていない。

数段を置いて、私と、暗がりにいるものが向かい合った。

長い間、相手は黙ったままだった。頭から爪先(つまさき)まで観察し、舐(な)め尽くす、ねとりとした視線を感じたかと思うと、相手はようやく何か得心したのか襟巻を大きくうねらせた。するすると短くなり、闇の中に消えていく。

さも愉快そうな笑いが、小さく聞こえてきた。

「絵描き様だというから――」

一歩踏み出す下駄(げた)の音が聞こえたが、まだはっきりと姿は見えない。

「心斎橋か道頓堀か、まぁそこいらだろうと思ってたよ。無駄足じゃなくて何よりだ」

逃げ出せば、その背を襲われそうな気がした。

「……津山……津山、どないした」

「津山?」

襟巻の光がわずかに動いた。

「ああ、さっきの男の名か。偶然会ったんだが、いいおまけだった。若くてな、うまかった。だがそのせいで——」

喰うところをお前に見られたな、と忌々しげに相手がつぶやいた。

今にも襟巻が自分に巻き付くのではないかと、後ずさりをした。踵が段に当たり、転びそうになる。

「私も喰う気か」

声が震える。迂闊に近づかなければよかった。津山が生きているものと早くに合点して、その場を立ち去っていればよかった。

何も分かっていない、と言わんばかりに相手がまた笑った。

「ひどい勘違いをしてくれる。俺は至極無害だよ、お前みたいなのには。お前みたいに、ちゃんと生きてるやつには」

暗闇から無造作に手が伸びて、こちらに突きつけられた。男のもののように筋がしっかりしているが、女のように細くもある。

「俺が喰うのはな、死んだのにまだ自分が生きていると思ってるやつだ。自分が死んだのにも気付かないで、生者顔でうろうろしている、そんな間抜けを齧ってしのいでる。そういう腹なんでね……そういう身体の出来なんでね。お前の身近な例で言うとな、古瀬壮一郎」

相手がなぜ私の名前を知っているのかなど、そのときは考えられもしなかった。

「俺はお前の嫁さんを喰いたい」

闇の中からすぅと相手が進み出て、その姿が理髪店の電燈に照らされた。

昔じみた地味な木綿、それと不釣り合いな赤黒い、鱗状のものに覆われた襟巻、癖のある髪、その下にある顔。

「おまはん、」

一瞬、目の焦点が合わなくなった。その顔には何の見覚えもない。こんな容貌は見たことがない、こんな姿の人間が存在するはずがない。

男の顔には——いや、男なのだろうか。目も、鼻も、口もない。ただぼんやりと、描きはじめたばかりの素描のように、影がわずかについている。それだけだ。男でも、女でもない。若くも、老いてもいない、美しくも醜くもない。

ただの、何もない顔。

「おまはん、何や」

相手の声が興味深そうにへぇ、と跳ねた。思案ごとがあるのか顎に手を当てて首をひねるが、表情はまったく見えない。

「何って?」

訝しげに、しかし確かな好奇心を声に乗せて相手が言った。

「そんなことを訊くやつは、お前が初めてだ」

二

逃げたくとも背を向けるわけにいかず、息を詰め、ようやく一段、片足を登らせたとき、背後の理髪店から夫婦者らしい会話が聞こえてきた。

「……片付けまだ残っとるさかい、あほなこと言わんと……」

「せやけど、あんまり似とる……」

「……どんなけ前に行んでもうたと思うて……」

「生まれ変わりいうのんがあるもんか……」

あほらし、と妻の声が会話を打ち切ったが、店主のほうがまだ、道に出てうろうろしている気配があった。川べりから舌打ちがする。

「ひとが多い場所だとすぐこれだ」

赤い襟巻を頬の辺りまでぐるぐると巻き付け、一段飛ばしに上がってくる。手が伸び、私を突き飛ばすかと思いきや、袖を引っ張って強引に往来に連れ出した。

服に細かい髪をいちめんに付けた、年かさの店主が、襟巻をした者にすがりついてきた。

「エイキチ……」

「人違いだ」

店主を突き飛ばさんばかりに避け、私の袖を離さないまま、人通りのまだ少ない道を選んで大股で進んでいく。抵抗どころか、倒れないようにするのが精一杯なほどの力だった。

引きずられていくうち、この者がなぜ人目を避けたがるのか、おぼろげながらに分かってきた。顔がないから、というのではない。小間物屋から、足袋屋から、帽子屋から出てくる客、往来のふたり連れ三人連れ、みな襟巻に隠れきっていない顔を見ておやと目を見張るだけならましなほうで、指をさし、顔を見合わせてささやく。

「あれトシコはんと違うか」

「ミヤギはん、ミヤギはんやないか」

「わてにはオグラの兄さんに似とるように」

「大火に巻き込まれたのが」

「何年も前に、遠くぃ嫁いだと思うとったのに」

ひとつとして、同じ名前が出なかった。

人気(ひとけ)のない下駄屋の裏手で袖を離されたかと思うと、今度は襟を摑まれた。壁に押し付けられ、頭をしたたかに打つ。

「お前の嫁を喰わせろ」

背筋から腕から、ぞわりと粟立(あわだ)った。津山がどのように喰われたか。津山をくるみ、繭の形になった襟巻の中で、肉が引き裂かれ、骨が砕かれる音が耳によみがえる。これは、倭子を同じ目に遭わせようというのか。

痛みと混乱に耐えながら、目の前の者を見据えた。

「おまはんが何(なん)か知らんが、誰が喰わすか」

襟を摑む手の力が強まる。壁に押しつけられた背中がきしむ。

「正気か。死んだ嫁さんがうろうろして、お前はそれで構わないのか」

「お、おまはんみたいなわけの分からんやつに、嫁を喰わせる旦那(だんな)がどこにおる」

私のかすれ声に、相手がまた首をひねる。

「お前はさっきから、妙なことを言うな」

妙なことを言っているのはそっちの方だ、と言い返す前に、相手が問うてきた。

「お前の目に、俺は何に見える」

路地に差し込むわずかな窓明かりを頼りに、改めて目の前の何者かを見直す。やはり、その顔は人間のものではない。

「な、何(なん)も見えへん。目も鼻も、口もあらへん。ぼやっとした影が見えるだけや」

相手は私の答えに首を傾げ、喉元(のどもと)から手を離した。壁に背を預けて崩れ落ち、咳(せ)き込みながら考える。この者は、どこで倭子のことを知ったのだろうか。倭子が私のもとに来たことなど、女中にすら話していない。勘づいている人間がいるとしたら——。

「密子(みっこ)から聞いてはいたがまあ、こんな強情だとは」

つぶやく声がどうにか聞き取れた。密子というのは、あの四天王寺の巫女(みこ)に違いない。どういう関係か知る由もないが、巫女がこの者に倭子のことを話したのだ。そそのかしたのか、差し向けてきたのか。

何が来ても知りまへんさかいな、と巫女は言った。その「何か」が、きっとこの顔のない者なのだ。

「密子に感謝するといいよ」

相手が一歩下がり、窓から漏れる光の外へと沈んだ。

「あれはまぁお人好しでね、いきなり喰ってくれるな、まず旦那を納得させてやれって言うから、余計な手間を取らされた」

薄闇から、舌なめずりが聞こえた。

「けどお前がそんなに突っぱねるなら、こっちだって手順を踏んでやる道理はない」

声の温度が下がり、襟巻の鱗がわずかに反射する光すら、鋭くなっていく。こちらが一歩進むと、相手はさらに陰の中へと後ずさる。

「そんな大事にされた嫁さんなら、きっと柔らかいだろうな、きっと脂が乗っているだろうな。ああ、ありがとうな古瀬とやら。楽しみが——できた」

取り押さえるつもりで突っ込んでいったのが、向かいの壁にぶつかったばかりだった。

暗い路地を駆けていく、下駄の音が遠ざかっていく。

呆然（ぼうぜん）としていたのはほんの少しの間で、すぐ家へと急いだ。倭子があの襟巻に巻かれ、肉を引きちぎられる様が、脳裏に思い浮かんで消えなかった。

「へぇ、どなたもお出（い）でやないですけんど」

誰も来てへんな、と女中に出迎えられるなり訊くと、戸惑いながらの答えが返ってきた。その返事も背中で聞いて、倭子がいそうな部屋、奥の寝室に向かう。

部屋は私が出たときと変わりなく、化粧瓶ひとつ倒れていない。しかし安心はできない、あれは津山を欠片も残さず食べたし、倭子自身、どこに現われても不思議ではない。

襖（ふすま）という襖、障子という障子を開けて、変わったところはないか探る私の後ろに、女中が恐る恐る付いてきていた。

「これから先、私が許さん限りは誰も、絶対に家上げるな、ええな。戸はみな閉じきってまえ、もし板戸の節が抜けてたな、穴が空いとったら塞（ふさ）いでまえ。誰も入らすな、見られんようにしときし」

ひとしきり命じてから、女中の顔色が白くなっていることにやっと気付いた。今まで女中に、これほどの勢いで怒鳴ったことはなかった。不機嫌なときでも、黙り込むことはあれ、怒鳴りつけることはなかったはずだ。

「旦那（だな）さん――」

どないしはったんです、という言葉の代わりに、恐れと不審の混ざった目が私を見つめていた。

三

いくら女中が、近所が訝しがろうとも、構ってはいられなかった。戸締まりを厳しくし、油彩を描く他は仕事もすべて十二畳間で始めた。

倭子がもし次に現われるとしたら、やはり前にやって来たこの十二畳間かもしれない。であれば倭子を狙う者も、しぜんここに来るだろう。すべて推測なのはもどかしかった。もし倭子が生者のようにいつも家にいれば、たとえ閉じ込めてでも見張ったものを。

せめて女中には話さなければと、言葉を選び、相手の反応をうかがいながら事情を説明してはみた。最初から信じてくれると期待してはいなかったが、

「せやけども、板戸閉めてもうたから、暗(くろ)うて暗うて、隅の埃(ほこり)がよう取れませんのや」

と困り顔で返されただけだった。

しばらく迷った末、女中に手紙を持たせ、四天王寺の巫女の家へと走らせた。あの襟巻をした者は彼女に言われて、倭子より先に私に接触することにしたと言う。ならば巫女の言葉を多少は聞くはずだ。彼女に止めてもらうか、せめてあれがどういうものなのか訊く

だけでも、今のように戸を閉め見張りをしているだけよりもましなはずだった。

　けれども女中が携えてきた返事は、私に落胆以上のものをもたらすのに充分だった。


　――しびとを飼いしびとと添うのは世道とたがうことならば私には如何しようもありませんこと御許し願いたく――


　簡素な返事には襟巻の者のことは何ひとつ触れられておらず、ただ助力のできないこと、その詫びばかりが連ねられていた。もとより期待していたわけではない、と自分を慰めようとしたが、「しびとを飼い」という一節には不快を感じずにはいられなかった。ひとの妻を死人と言い捨てるばかりか、鳥や犬のように書いてくるとは。

　頭が冷えてくると、やはり彼女の警告をはねつけたのが悪かったのかと悔いたものの、今やどうしようもなかった。どのみち、自分の妻は自分で守るほかないのだ。

　気を張りつめていると顔にも出てくるものらしい。どうしても応対しなければならない仕事の客と、無礼を詫びつつ玄関の間で話していると、相手は非礼に憤るどころか、

「なんやお医者にでも診てもろたほうがええんやないかと……」

と顔を覗き込んできた。

そんなに顔色が悪いものだろうか。思い返してみれば、食事すらろくに摂っていない。客を見送り、倭子の鏡台でも借りて見てみようかと敷居をまたいだとき、

「……誰かぁ」

女の声がした。

新しく客が来たのではない。奥のほうから聞こえてきた。何より、その声に聞き間違いがあるはずがなかった。

玄関の間から、中庭に面した廊下を抜ける。十二畳間のすぐ手前、客間に足を踏み入れたとき、女中が袖にすがりついてきた。

「あら御寮人さんの声やごあへんか」

訴えつつも、そんなはずはないと自分に言い聞かせるかのように首を振ってみせる。

「せやから言うたやろう、この家にはまだ、倭子がおると」

と、短く返した。

十二畳間に続く襖がしっかり閉じられている、その向こうから、もう一度、

「誰かぁ」

懐かしさと恐れが胸の中で食い合い、搔き乱されて、すぐに襖を開けることができなかった。

「竹ちゃん、竹ちゃぁん」

倭子が女中の名を呼んだ。一度目は短く、二度目は伸ばして。普通ならば「お竹はん」と呼ぶところを、乳母でもあった女中を幼い倭子が「竹ち」と舌足らずに呼んでいたのが、いつの間にか「竹ちゃん」と呼ぶようになった、その呼び方で。

女中が身体をがたがたと震わせている。「ひぃ」という、息の詰まった声を絞り出す。

「ちょっと支えてぇな、お足が悪うてよう座られへんの、足袋がうまいこと履かれへんの」

真っ青な顔で、女中が私を見てくる。手を上げかけたまま、私も動けずにいた。

「ちょっと支えて……」

声がぷつりと途絶えた。二十秒ほど、恐ろしいほど静まり返って、

「壮一郎さん」

聞き慣れた柔らかい呼び声がした。

「壮一郎さん」

私の名が繰り返されるごとに、抵抗しても、懐かしさが胸に食い入り染み渡った。ふた

りきりで部屋にいるとき、縫物などしながら、ふと私の名前を呼ぶ、そのままの調子だった。

襖一枚、隔てた向こうに倭子がいる。この戸を開けばきっと縫いかけの着物を見せてくる。そう思われて仕方がなかった。たとえそうでなくとも、倭子でなくとも構わない、何がいようとも構いはしない。倭子の声さえしていれば、名前をまた呼んでくれさえすれば、どうなろうともこの襖を開けて――。

引手にかけた私の手を、女中が押しとどめた。皺の寄った指だというのに、驚くほどの強さだった。

「開け……開けたらあきまへん」

幼い子のように首を振る。

「倭子が呼んどる」

「あれは御寮人さんと違います」

私の手首が痛いほどに摑まれていた。

「あれ……あれ、化けもんでっせ」

化け物。

女中は声を潜めてはいたが、その言葉はあまりにも鮮明に素早く、耳朶(じだ)から脳へ、胸元へと反響した。これほど生前のままの声を出す倭子が、柔らかく呼びかけてくる倭子が、化け物と呼ばれている。

「そないなことがあるか、こない……倭子みたいにもの言う化けもんがあるか」

「せやから、声色使(つこ)うて、誘うてるんやないか……だ、旦那さん、おかし……おかしなってはる」

「私はおかしない、おかしいはずがあるか」

「せやけど、お、思てましたんや、戸ぉ閉めぇ言うて、奥ぃ引っ込んでもうて、こない、こない目ぇばっかり、ぎょろっとなってもうて、旦那さん、」

女中の声は震え、ほとんど叫ばんばかりになって、客間に響き渡った。

「旦那さん、化けもんに取っ憑(つ)かれてはる」

「――お足が悪うて――」

低く、ひび割れ、錆(さ)びてかすれた倭子の声が、すぐ近くから聞こえてきた。

言葉にならない叫びがあがる、煙のように細く続く。女中の身体が音を立てて崩れ落ち、左腕を庇(かば)って縮こまる。

女中に声をかけようとして片膝をつき、腕に触れたが反射的に手を引いてしまった。袖には焦げ跡ひとつついていないのに、女中の腕は燃えているのかと思うほどに熱かった。

「――痛うて痛うて熱うて熱うて――」

声の漏れ出るほうを見る。指を引手にかけたまま、言い争っていたときに、覚えず身体が動いたものらしく。

襖がわずかに開いていた。

その隙間、暗い十二畳間の中から、白いなめくじのようなものが這い出してきた。指だ、と思ったときにはもう縁にかけられて、敷居ががたりと鳴り。

襖のすぐ向こうに顔を覗かせている倭子と、目が合った。

口許は指に隠れて見えない。ただ大きな目がこちらを凝視している。その顔立ちは確かに、倭子のものだった。だがその、限界まで開いたまま痙攣する瞼。墨が滲むように広がっては、収縮していく異形の瞳。ほんのりと頬に浮かんでいた赤みがすっかり消え去った、青白い死人の肌。

これは、倭子だ。

だが、倭子ではない。

喉の奥で声が鳴る。倭子のようなモノが、ゆっくり首をかしげながら、襖をさらに開けようとし――。

「ちょっと失礼」

声が背後からすると同時に、白い指の上に、赤黒いものが覆いかぶさった。天井を揺るがすほどの悲鳴が十二畳間から響く。何者かが私と襖の間に割り込んで、赤黒い布を手で押さえる。

「そのおばさんをどこかに運んでくれるとありがたいんだが。邪魔でね」

邪険に言い捨てた者の、顔が見えない。家が薄暗いからではない、はじめから、私の目にはそれの顔がぼんやりとした影にしか見えない。

悲鳴が向こうの部屋にひときわ大きく響いたかと思うと、突然辺りがしんと静まり返った。蛇皮じみた襟巻を襖の縁から剝がし、立ち上がって、ぴしゃりと襖を閉める。

「うむ、逃がしちまった。けどまだ中にいるぞ」

「おまはん、どこから――」

「客を帰したあと、玄関を開けっぱなしにしてたろう。間抜けめ」

十二畳間の手前に陣取っている顔のない者をいったん放っておき、女中を後ろから抱えて隣の部屋に寝かせる。いつもの赤ら顔が白く、額に脂汗が浮かんでいたが、事切れてはいない。ただ、床にだらりと投げ出された腕が黒く焦げ、指が三本ばかり癒着して、赤いひび割れが何本も走っていた。爪と腕の焼けた臭いに、吐き気が胸まで迫ってくる。

「すぐには死にゃしないよ、多分」私が戻ってくるのと同時に、襟巻をした者が背中で言う。「途中から聞いただけだが……化け物って叫んでたろう。おおかた怒らせたんだろうさ」

「怒らせた……」

「そりゃ、化け物呼ばわりされちゃあね」

それの首の周りで、鱗が蠢き、赤黒い布がぞわりと動き出す。

「――喰うつもりか」

「来たからには」

わずかに振り返って、

「それとも何か、あの女中の腕を見てもまだ、あれは妻だと言うのか」

ひび割れて肉の見える女中の指を思い出し、身体がこわばる。十二畳間の中からは、ことりとも音がしない。

「……あれは倭子と違うんか」

「半分違う、と言っておこうか。あんたの嫁さんは、死んでもまだこうしてこの世にうろついてるんだよ。それがまともな死者の在り方とは言えん」

冷酷に言い切った、その首元から、赤黒い布がするすると伸びていく。布を縦に構え、襖の縁に重ねると、上から下へと素早く手を滑らせた。布はどういうわけか、手で押さえられなくとも貼りついたままでいる。

何分経ったか。突然、襖の向こうから、がこん、という音がした。板に何かをぶつけたような音だった。

「伏せろ！」

一瞬の間もなく、向こう側から襖を叩く音が続いた。ひとりの手だとはとても考えられない、大勢の何かが押し寄せて、襖を破らんばかりに叩いていた。縁が軋み、長押が揺れ、天井までも砂埃を落とし、家中に音が響き、その中に、無数の咆哮が混じった。女の声、男の叫喚、老人、子ども、言葉にならない叫びをあげて、鼓膜を食い破ろうとする。

「なんだ……⁉」

顔のない者が、襖や天井に首を巡らせながらつぶやく。その響きには明らかに動揺が混じっていた。縁に貼りついた襟巻にぱしりと手を当て、大声で唱える。

「カタシハヤヱガセセクリニカメルサケテヱヒアシヱヒワレヱヒニケリ」

呪文らしいその一節を何度も繰り返しているうち、襖を叩く音、叫びが、少しずつ引いていく。五分ほどもそうしていただろう、気が付いたころには、十二畳間からの物音と声はすっかり消えていた。

仕上げに一回、呪文を唱えると、それは手に込めていた力を抜いた。襟巻もはらりと剝がれ、胸に垂れ下がって元の長さに戻っていく。

襟巻を巻き直し、ひとつ、大きな息を顔のない者が吐いた。少しずつ襖を開ける。私も恐る恐る覗いてみたが、十二畳間にいるかと思われた無数の声の主はおろか、倭子の姿さえなく、ただ元の暗い部屋があるばかりだ。

「逃げたな」苦々しげな声が聞こえてきた。「どこにかは知らんが」

返す言葉が見つからず、ただ呆然としていると、襟巻をした者が振り返った。表情は相変わらず分からないが、もし目鼻があるとすれば――困惑、恐怖、そういったものが浮かんでいただろうということが、息の浅さからそれとなく感じられた。

「お前の嫁は……あれは、何だ」

答えようがない。私の知っている倭子と、さっき目にした彼女らしきものの姿と、今の現象が結びつかない。

顔のない者が言葉を継いだ。

「あれは、俺の手には負えない。……俺には喰えない」

四

ひとしきり話を聞き終えると、巫女は不機嫌そうに長煙管（ながギセル）から口を離し、灰を落とした。

「ほんで……」手慣れた動作で刻み煙草を詰め直す。

「こら喰われへんいうて、慌ててわてのとこ、逃げ込んで来たて。エリマキ様ともあろうもんが、あんだけ乗り気になっとって、まぁ」

襖に背をもたせかけている顔のない者が、わざとらしく頭を掻いた。赤黒い襟巻をしているため、巫女からは単純に「エリマキ」と呼ばれているらしい。本名というものがあるのかすら、疑問だった。

初めて四天王寺の巫女町を訪れたときは、黒い格子戸と祭壇のせいでとても人間の住むところとは思えなかったが、奥の六畳間は古びた鏡台といい、鬢つけ油と白粉の匂いといい、いかにも女のひとり暮らしというふうだった。急いで片付けられたらしい半襟が、衣装箱から少しはみ出ている。

「そう言うな。俺だって初めてのことばかりなんだ。勘弁してもらわんと困る」

エリマキはあぐらをかいた膝に頰杖をついて、ふてくされた口調で答えた。

「俺が今まで喰ってきたのは、みな自分が生きてたときと同じ振る舞いをしていた。だから壮一郎の嫁さんも、生前と同じような様子で現われるのがほんとうなんだ。だが……」

と、こちらに顔を向ける。

「壮一郎の話を聞くに、何かがおかしい。俺も一瞬見ただけだったが、あれはどうも分からん。不気味だ。壮一郎、他にも妙なところはなかったか」

訊かれて、考え考え答える。

「なんぼかある。一回、寝間に来たときは、けったいな歌を歌うてきた。そいから『うしろに』とか、よう分からんこと言うて、いきなり消えてもうて」

エリマキは途方に暮れたような、大きなため息をついた。

「あと、俺が襖を閉めたあとの大勢の声も分からん。お前の嫁さんひとりだと思ってたのが……あいつらは何なんだ。俺は、あんな大勢を相手にはできんぞ」

ましてや、と、奥に寝かされている女中を顎でさす。

「今まで俺が喰ってきた中で、人間の腕を焼くようなやつはいない」

巫女がまた灰を落とすと、続け様に刻み煙草を詰めた。

「何かが、捻くれとるんやな。エリマキが今まで喰うてきたんとは、どこか違うとこがあると」

そういうことだ、と答えるエリマキの声には、苛立ちと混乱が混じっていた。

巫女は濃い煙を吐くと、部屋の奥にちらりと目をやった。

「相手はまぁ、今んとこ、どないしょもないとして。このひとな、どないする」

女中は布団の中で、やはりぐったりとしていた。苦しんでいるのでもなく、静かなのが逆に不気味でもあった。

煙管を持ったままの巫女に頭を下げる。

「ご迷惑なんは百も承知で。しばらく預かっておくれやす」

は、と巫女が驚きの声をあげた。

「病院ぃ運ぶか、医者を呼ぶんが筋のところ……」

「医者の手には負えまへん」頭を上げないままちらと女中を見て、「あの焦げた腕……けったいな言い方やと思わはるやろが、あれは、左腕だけ焼け死んどるんです。息はあっても、あの腕はもうこの世のもんやごあへん。腕を診せたとこで、医者には何もでけしまへんやろ」

へぇ、と背後からエリマキの声が聞こえてきた。

「腕だけ死んでる、ってか。左腕を密子に降ろしてもらうか」

「黙っとき」

巫女が厳しい声を出した。

「古瀬さんも頭、上げとくなはれ。口寄せ以外で頭下げられるのん、気持ち悪うてかなわん」

頭を上げると、巫女は思案顔でまた煙を吐いていた。煙管を続け様に吸うのが、落ち着かないときの癖なのかもしれない。

「焼け死んどるて、どないして分かるんでっか」

答えようとして、吐き気がふいに襲ってきた。喉の奥に酸い液が浸みる。ようやくこら

えて、

「……東京の地震で、見たことが」

　巫女が続きを促しているのが、無言のうちにも分かった。

「出先で火のついて倒れてきた戸が、倭子の足に当たった跡を見たのが最初で。家ぃ去(い)ぬ途中でも、見ようとせんでも、運び出されたり、手のつけようがのうて放られたままのが、あ、あちこち」

　ひとの肉の焼ける臭いが鼻の先でしたが、女中の左腕か、過去を思い出したせいか、分からなかった。

　人死にの話は商売柄慣れているのだろう、巫女は眉をひそめることもなくひと吸いし、煙を吐き出して小指で頭を掻き、

「三十円」と言った。

　エリマキの、さも愉快そうな笑い声が聞こえてきた。

「宿屋でも始める気か」

「六畳の半分取られてな、貸布団、寝巻、三度三度の飯、薬、手当ての手間賃、こっちの事情も考えてみい。まけにまけて三十円言うとるんや」

「払います」言ってから少しためらい、「一度にはむつかしいでっけど」

「手付で五円」

「……はい」

お優しいことだ、とエリマキが鼻で笑う。巫女が顔を渋くした。

「そないな顔で皮肉言うてな、古瀬さんが困らはると思わへんのか。ほんまどんならん……」

そないな顔、とはどういうことか。エリマキを振り返ったが、やはり顔の作りなど見えない。巫女の言葉の意味を質すと、相手は意外そうに目を見張った。

「そら、あんなけ奥さんに構ってはるからには、古瀬さんの目ぇにはエリマキが奥さんに見えてはるもんやと思うとったんでっけど」

違うんでっかと訊かれて、答える前に、エリマキが私の横にしゃがみ込んだ。

「こいつにとって、俺の顔は誰のでもないらしい。化け物には見えるのかも知れんが」

「いうたら、のっぺらぼうやな」

付け足しながら、エリマキから遠ざかろうと膝をずらした。エリマキは意地悪く、その場に居座ったままだ。

「おもしろいだろう、こんなやつに会うのは初めてだ。だから俺もここまで深入りしてる」

巫女は困ったように首を横に振って、煙管をまたひと吸いした。

「ほんまやったら、エリマキに奥さんのふりをさせて、最後の別れ……いうたらええんか。それを古瀬さんに告げてもらうつもりやったんだす。そいで古瀬さんの知らんうちに、奥さんの霊を喰うてもらおかと。そないしたら、古瀬さんも奥さんが成仏したんやと思わはるんやないかと考えとったんが……」

「その筋書きもご破算だな。こいつには霊を喰うところを見られちまったし、のっぺらぼうの顔で最後の別れも何もあったもんじゃない。おまけに嫁さんの霊はあのザマだ」

エリマキが路地で言っていた、「まず旦那を納得させてやれ」というのはそういうことだったのか。巫女の目論見は結局外れてしまったが、そこに私への気遣いが混じっているのは感じ取れた。とはいえ、すぐ横に座っているものが倭子の真似ごとをしている様を想像するだけで、気味悪さと不快感が胸を掻いた。

こちらを向いている顔は、やはり虚ろな影しか映していない。エリマキからさらに遠ざかろうとして、左脛が座布団から落ちる。のっぺらぼうから視線を外し、巫女と向かい合った。

「……初めて会うたときもそうやったんでっけど。これは、ひとによって姿が違うて見えるんでっか」

煙管を持ち上げたまま、巫女はふん、とうなずいた。

「それがまぁタチが悪い。ええしの旦那さんやぼんには若い恋人に見える、芸子には惚れた男に見える、子を亡くした親には子に見える。そいでえらいええ思いしとるんやな、な、エリマキ」

「言い方が悪い。その分苦労してるんだ。この間も心斎橋で捕まりそうになった」

私に加勢を求めているのはなんとなく分かったが、無視をした。

「せやったら、あんさんにはどないな顔に見えてはるんでっか」

問われて、巫女は目を伏せた。

「十三でな、行んでもた息子に見えます」

気まずくなって、こちらも巫女から目を逸らした。沈黙の中で、巫女がぽつり、

「せやからわても甘やかしてまう。見た目の他はなんもかも違うというのに」

わても甘いわても甘い、と自分を叱るように言った。

「俺も自分のことが自分で分からん。気がついたらこの世にいて、こんな珍妙ななりになってた。おかげで苦労のし通しだ」

「気がついたら、て」私はふと好奇心を出した。「おまはん、いつごろからこの世におるんや。東京の震災の前からか」

エリマキはすぐには答えず、記憶を探っているのか顔を傾けた。

「いつごろかと、人間の尺度で言われてもな。牛車から、裳裾が垂れて花みたいだったことは覚えてる。それから何度戦があったか……戦場の跡は良かったぞ。餌に困ることがなかったからな」

その答えに、私ばかりか巫女までも言葉を失っていた。

「牛車に裳裾いうたら……長う数えて千年」

巫女が呆気に取られた口調で言うことも、エリマキはよく呑み込めないようだった。ただ、

「何年とかそういうのには、特に関心はないな」と答えるだけだ。

会話を聞くうちに、エリマキに対して不思議な感情が湧き上がってきていた。本人に自覚がないにせよ、そんなに長い間、誰かに化けてこの世に居続けたのか。エリマキ自身でない誰かのふりをして、存在してきたというのか。

そんな私の感傷を遮って、エリマキが言葉を続けた。

「まぁ、何年だかはどうでもいい。とにかく俺に会うやつは、知っている『誰か』の姿を俺に見る。これはあくまで俺の推測だけども――」

エリマキは自分の顔を指さした。

「どうやら俺は、見るひとの心にいちばん深く根付いている者の姿に見えるらしい。愛情、憎悪、後悔。感情の善し悪しは関係なく、だ。例えば親なり子なり、恋人や妻や夫や仇や殺した相手や、とまで言ったところで、巫女が咳ばらいをした。

しかしそう説明をされたところで、頭では理解できても腑には落ちてこない。エリマキの口ぶりから、わざと化けているわけではなく、相手が勝手にそう見てくるのだろうと推し量れるだけだ。

「せやったら、おまはん自身の目には、おまはんはどう映る。鏡見たことないんか」

「あるけど、何にも」と手を振る。「ぼやっとした影ばかりでね。そもそも、俺は自分が何だろうと構いはしないんだよ。死にぞこないの霊があれば喰う。ただ喰いたい、それしか考えないし、これからも考えん」

「まぁ妙な野良犬の類いやと思わはったらよろしい」

巫女が手厳しく言うが、エリマキにとっては慣れっこらしい。ごろりと横になって、

「じゃあ密子は俺に餌をくれる、親切なおばさんだな」

あからさまに、巫女が嫌な顔をした。

訊いてみると、巫女は普通と違う霊――降ろしにくい霊や、自分の死を自覚していない霊を見つけると、エリマキに教えて喰わせているという。巫女が倭子のことをエリマキに伝えたことは分かっていたが、倭子の件が初めてではなかったわけだ。巫女にとっての「手に負えない霊」が、エリマキにとっての「餌」となる。互いに利益があるということだ。

「わてかて、霊が玄関口掃いてたり、いっちょまえに帽子被(かぶ)ってうろうろしてんの見たら、寝覚めが悪いですよって。降ろしにくいのがいたら商売に差し障るし……まぁ商売のことを脇に置くとしても、行んだもんと生きとるもん、きちきちと分かれとるのがほんまやさかい、放っては置かれへんのです」

「つまり」エリマキが寝ころんだまま、頬杖をついて言った。「お前の嫁さんみたいなのは、本来この世にいちゃいけないんだよ。壮一郎」

頬から頭の毛穴まで、痺(しび)れに似た緊張が走った。ゆっくり、エリマキの縺(もつ)れた髪を見下ろす。

「気安う言うてくれるな」

「気安く言ってるわけじゃない」

身体を起こして再びあぐらをかく。答える声がわずかに低くなっていた。

「いいか、あれは喰われなけりゃならん。喰えないと思ったやつは初めてだが、ここで引き下がるわけにはいかん。喰えないからには、何か理由があるはずだ。あれを毒にしてる原因がどこかにある。ふぐだってうまく捌（さば）けば人間は食うんだろう」

「倭子は喰い物（もん）やない、そないな物言いは二度とすな」

激しく遮った声が、狭い部屋に反響した。巫女が女中を目で気遣っているのに気付き、ぐっと口を噤（つぐ）む。

「おまはんに……」

大きな声が出せない分、頭に上った血がぐるぐると巡って、額から首筋までが熱くなった。

「おまはんにとったら喰い物やろう、喰ったら終わりの餌やろう。せやけど私にとっては倭子は倭子や。芝居ではしゃいで、夜着縫うて、よう笑わんくせに笑い出したら止まらん倭子や。喰うなんて簡単に言うてくれるな」

「娶（めと）ってからそんな長くもなかったんだろう」

「短いのがどないいした」

「どのみち生き返りもしないのに」

「そいでも、ひとの嫁を餌みたいに……」

「だったら」エリマキが刺すように言い放った。「どうする。お前も見たろう、あれは嫁さんだったとしても、今はもう違う。何かが歪んでる。何かが綻びてる。あれが出たら、また誰かの身体を焼くぞ。お前を焼くぞ」

ひやりとした棘が喉に突き立てられたようで、それ以上言いつのることができなかった。手足が凍る、髪の先まで凍りつく。

「あれを、俺は喰わなけりゃいかん」

身体ごと神経ごと、凍ったのをエリマキがひとことで打ち壊した。

倭子への未練と、女中が焼かれた恐怖と、エリマキに対する怒りが臓腑の中で混じり合い、身体が震えはじめたとき、巫女が唐突に立ち上がった。

「夕飯どきには早いけども、なんやちょっとひだるいな」

幼女のようにあけすけに言う。私も、エリマキすら、突っ立っている巫女のほうをただ黙って見ていた。当の巫女はにこりとして、

「古瀬さん、うどんおごっとくなはれ。もう三十円払うのん決まってしもたんやから、あと三銭くらい、構へんでっしゃろ」

はあ、と気が付けば答えていた。金額の多寡はこの際関係ないが、世話になっておいて断るのも妙な話だ。このままここにいたとしても、エリマキと言い合いになるだけだろう。

エリマキが退屈そうに、俺はどうしてればいい、と言った。

「お留守番しとき。女中さん、よう見ときや」

子どもを宥めるように言って、それきりすたすたと祭壇の間を抜け、格子戸を開けて通りに出る。傾きかけた日が、煙を吐く風呂屋や工場の煙突の向こうに薄赤く見えた。

案内された店で巫女と座っていると、不思議な気分になった。旧弊な家のこと、私の身の回りで店屋物を食べるような女はいなかったし、男とふたり連れで平気な顔をされているのもかえってこちらが落ち着かない。

巫女のほうは慣れているらしく、二枚ある揚げのうち一枚にかぶりついて、瞬く間に飲み込んだ。食べるのを見ているうち、急に空腹を思い出した。一口揚げを食べたのを最初に、むせるほど麺を啜り込んだ。食べ進むうち、しばらく食事が喉を通っていなかったのを見抜かれていたのかとふと思い至った。

器の中身がほとんど空になり、頬が火照って、指の先まで感覚が戻ってきた。二枚目の揚げを箸で裂きながら、巫女がふいにつぶやいた。

「あの子――エリマキな、前にちらと、言うたことがありますのや。腹が減っとるて」

巫女の言わんとするところがすぐには摑めなかった。あれだけ喰いたいと言っているエリマキなのだから、めずらしいことでもないだろうに。

「腹が減って減って、死にきれん霊を漁って喰うて、呑み込んで、満足するのは一瞬だけ、すぐにひだるうなって、腹の中が虚ろになって、たまにおかしなりそうになる――て」

大げさに言っているだけだろうと一笑に付すこともできた。が、誰が誇張だと分かるだろう。霊を喰う存在など、他にいない。

「もしそんなけ飢えとるとしたら」巫女は残った揚げを見つめたまま、「喰いたい、いう気持ちが、あれを動かす全部やとしても、わては驚きまへんわ」

死んでることに気付かん霊が金で買えるわけやなし、と巫女は付け足した。

「そないなエリマキが、いっぺんでも喰えんて言うた倭子……倭子のようなもんは、何なんでっしゃろ」

巫女はしばらく答えず、揚げの残りを食べ終えた。箸を置き、私を真っ直ぐに見る。

「半端にとはいえ、奥さんを降ろしたから分かります。奥さんそのひとがもう、普通の霊やないいて。せやからエリマキに頼んだところが……」

巫女がため息をつく。ことの重さが背にのしかかってきた。人間の身体を焼き焦がすほどのものに、倭子はなってしまった。どこで間違えたのか、私が何かしてしまったからなのか。

「これはあんたはんの手には負えん、わての手にも負えん。何とかでけるとしたらエリマキだけやけど……あんたはんが突っぱねてもうたらな、それもあかんようなってしまいますで」

エリマキは気まぐれなとこあるさかいなあ、と言って、巫女は立ち上がった。

食べていたときから店は混みはじめており、そこここに湯気が立っていたのが、店を出るころには夕飯どきにさしかかっており、外には行列ができていた。うまかったと思っていたが、やはりなかなかの評判らしい。

「ああ早うに行っといてよかった、えらいおんごくしとるわ」

巫女が帯をさすって言う。家に押しかけられたときより、だいぶ機嫌が直っているらしい。夕暮れが濃くなり、赤い陽が差す通りを歩きながら、巫女が小さく口ずさみはじめた。

おんごくやさしや　やさしやおんごく
なはよいよい
なにがやさしや　蛍がやさし
草のかげで　火をともす

子どもが歌うような歌。懐かしさを感じさせるようで、どこか背筋が寒くなる節回し。聞き覚えがあった。幼少のときに聞いたのではない、もっと最近に——。

「その歌」

足を止めた私を振り返り、巫女が首をかしげた。足許に影が長く伸びている。

「どないしはったん」

「その歌……あんさん、前にも歌うてました。私の目の前で。倭子を降ろしたときに」

巫女はすぐ、ああ、と言ったが、困ったように向き直った。

「降ろしとるときのことはよう覚えてへんさかい……。この歌やったんでっか」

まさかと思いながら、確かめるために、私はかろうじて覚えている節を歌ってみせた。

倭子が来た晩、私の背中に手を置いたあの夜に、歌っていた節だ。往来のただ中だが、構いなどしない。

「十っぱそろえて」と歌ったところですぐ、巫女がそれや、と声をあげた。

「おんごく、いう歌だす。『おんごくなはは』から始まって、『おんごくやさしや』の節歌うて、『一おいて廻ろ』から『十っぱそろえて』て、続いていくんだす。長い歌だっせ、歌いながら町を巡るもんでっさかい」

「町を巡る？」

子どもがこんな歌を歌いながら町を巡り歩いているところなど、見たことがない。

「はあ、船場……ちょうどあんたはんの近所だすな。盂蘭盆会の暑い時期、日が暮れるころにな、坊ちゃ嬢さんが集まって、前の子ぉの後ろ帯握って歌いながら歩きますねや。舌っ足らずに『おんごくなはは』……いうて」

巫女はそこまで言って、懐かしそうに目を細めた。

「わては四天王寺の人間やよって、見るばかりでしたけども。紅提灯で足許照らした列が、歌いながら通りや筋のあちこち歩いて行くとこは、なんや極楽みたいに見えたもんでっせ。子どもが列になるから、今でも店に行列なんかできとったら『おんごくしとる』て言うんやけども」

私も、列を「おんごく」と呼ぶことはあったが、歌が元になっていることまでは知らなかった。それを伝えると、巫女は首をひねった。

「せやな。わてが十七、八のころには子どももようやらんようなったさかい、あんたはんが知らへんのも無理はないこってす。危ないいうて、警察がうるそうなったさかいな」

ざっと計算してみても、私が五、六歳のときには廃れていたことになる。実際に聞いたか、ひょっとして歌ったことがあるとしても、記憶から抜けてしまったのだろう。

そこまで思い至って、ふと気付いたことがあった。

「待っとくなはれ、そのころやと、倭子は生まれるか生まれんかくらいや。その倭子が、何で廃れたはずの歌を知っとって、歌うてくるんでっか」

訊いてはみたが、巫女が分かるはずもなければ、私とて見当もつかない。母親か誰かに教わったのだとしても、倭子がその歌を生前歌っているところなど、聞いたことがなかった。

謎解きが袋小路に入ったところで、もうひとつ、分からないことがでてきた。これなら巫女も知っているはずだ。

「おんごく、て、そもそも何なんです。どういう意味なんでっか」

するとと巫女は、漢字でどう書くのか説明してくれた。

遠国。

「もとは単に遠いとこ、って意味らしいでっけど。……お盆の時期になるとな、おんごくからご先祖様が帰ってきはるでって、よう聞かされたわ。まぁ、いうてみたら、」

死者の住む場所、と巫女は言った。

記憶にはない、子どもの歌うおんごくの歌声、今の時期には感じるはずのない盆のまとわりつく夕方の湿気が、私の身体を一瞬通り抜けた。路上に伸びきった巫女と私の影を、青黒い闇が覆いつつあった。

五

箒(ほうき)で床を掃いてから長押やたんすにはたきをかけ、埃が落ちて手順を間違えたことに気付く。寝巻の袖がほつれたのに、繕い方が分からない。女ふたりがいないこの十日ばかり、仕事の傍らに家のことをするのにもいちいち骨が折れた。新しい女中を雇うにも、巫女からの三十円の借りを考えるとためらわれるし、何よりこれ以上ひとを巻き込むわけにいかない。

「手こずってるじゃないか」掃除を手伝いもせず、エリマキがアトリエの襖にもたれかかって言う。「もとは大店の長男なんだろ？　ずいぶん身を落としたもんだな」

アトリエも散らかってるし、というエリマキの言葉に、誰のせいだと言い返したくなる。エリマキと会った直後、倭子を知らぬ間に喰われるのではないかという不安から仕事場を十二畳間に移していたが、今やわざわざあの寝間で仕事をする必要もない。アトリエに机や仕事道具を戻したせいで、まだ中はやや雑然としていた。

「おまはんの口からは、憎たらしいことしか出ぇへんのか」

「憎たらしいって？　へぇ」エリマキが生意気に顎を上げた。「出て行ってやってもいいが、俺に出て行かれて困るのはどこのどなた様だろうな」

言い返す言葉がない。倭子が次に現われたとき、何かをできるのはエリマキだけだ。

「せやけど、アトリエぃ入られると困る。仕事場やさかい」

汚れた手を拭きながら抗議するが、それで出て行く相手ではなかった。神経を逆なでするように、机や山積みの本の上に置いてある紙を取り上げてはあれこれ言う。

「こりゃ店の広告の下絵か。はぁ美人がうまいじゃないか。薬の宣伝……と化粧水……白粉……ふん、マッチの図案もある」

「おい、あんましいらわんといてくれ」

「色っぽいのは描かんのか。密子からの借りで金に困るだろう。描けよ」

あきらめて掃除に戻るが、背後からはまだ紙を探る乾いた音がする。机を拭いていても、「いらうな、言うとるに。やりかけのもんもあるんやさかい」

「へぇ」「ふぅん」としきりに言うから、気が散って仕方がない。

「これもやりかけか」

眉根に皺を寄せながら振り向いたが、エリマキが眺めているのは仕事の絵ではなかった。ひとりの女を描いたものが数枚、どれも他の部分は帯の模様まで描き込んでいるのに、顔だけははっきりしない。瞼や鼻、唇に、淡い影が描いてあるばかりだ。

顔のない女の絵を手に取った、顔のないものが、ゆっくり首をかしげてこちらを向いた。

「いや、やりかけじゃないいな。ここまでしか描けんかったのだろう」

言い当てられて、肩がわずかに震える。

近所の誰かが籠から放ったものらしい、揚げ雲雀の高い鳴き声が、開けたままの硝子戸の外から響いてきた。そのまま尾をひくように、上空へと遠ざかり、消えていく。

「……それは倭子を描いたもんや。行んだあとに描こう思ても、描けなんだ」

話を終えようと、なんでもない口調で答えたが、エリマキは言いつのってくる。

「あれほど執着してるのに、絵一枚描けないのか」

「軽う言うな。何遍やってみたと思うとる」

侮辱の口ぶりではないと知っていながら、言い返さずにはいられなかった。

「せやけど、よう形にできんのや。行んでまう前なら、目の前におらんでも描けたはずや。そのくらいよう、顔、見とったはずが、よう分からん、行んでもうたらぷつりと……」

頭の中にある、倭子の顔が真っ白くなってしまった。

言い終わってから、三月の中庭に逸らしていた目をエリマキに戻す。エリマキの顔はやはり白く、ぼやっとした影を目鼻にまとっているだけだ。

「最初に会ったとき……」

しばらく黙ったあと、エリマキが、手に持っていた倭子の絵をそっと机の上に置いた。

「お前が俺の顔に誰も見出さなかったのは、お前の中に誰もいないからだと思った。周りの誰も大事に思わない、愛していない。俺が嫁にも見えないということは、どう振る舞っていようと、実は嫁のことを内心それほど想ってはいないいんだろうと」

いつもの、からかうような口調ではなかった。

「だが、違うな、これは。絵描きのお前が嫁さんの顔すら、描けなくなってるとすると」

エリマキは部屋の隅に寄った。昔に描いたものをまだ整理できておらず、放っている一角だ。

「お前は確かに嫁さんを慕ってるだろうさ。本来なら、お前の目には俺の顔が嫁さんに見えてもおかしくはないんだ。けれども、それを邪魔しているものがある」

相手の言うことが分からず、私は黙ったままでいた。エリマキも口を噤んだまま、重ねられた古い紙の束を片手で漁っている。

「壮一郎、お前、他に親しい者を亡くしているな」

エリマキの探っている辺りに、何の絵が紛れているのかふいに思い出した。慌てて駆け寄り、止めようとして自分の手が伸びた、その先に、エリマキが一枚の絵を突きつけた。

紙が古び、端が茶色がかっている。

単衣(ひとえ)を着てこころもち首をかしげ、団扇を持っている女の絵。何年も前に木炭で描いたものだから、単衣の花模様などはかすれかけている。そして顔は輪郭が描かれているだけで、目鼻立ちはまるで分からない。

「古い絵だな。髪の結い方からして、母親か。死後に描いたものだろう。嫁さんのときと同じように、描こうとして、顔だけ描けないで、けどあきらめきれないで何枚も描いたんだろう」

すべて言い当てられて、身動きひとつできない。エリマキの声に憐憫が混ざりかけているのに、屈辱すら覚えられない。

エリマキがため息をつき、母の絵を元の位置に戻した。

「壮一郎。なぜふたりの顔が描けない」

問われて、すぐに答えることができなかった。中庭から、樫の葉が風に吹かれて揺れる音ばかりが聞こえてくる。

「……描きたいて、思うとるはずなんや」

のろのろと口に出すのを、エリマキは辛抱強く待っていた。

「せやけど、描くんが怖いねや。行んでもうたもんの顔を描いて、もし覚えとる顔と違てたらどないする。生きとるふたりを目の前にして、描くことなんてもうできひん。似ても似つかん絵を描いてもうて、ふたりが行んだと思い知ってもうたら、もう……」

「死んだことを」エリマキが静かな声で言った。「認めたくないか」

問いの答えは胸の中にあったが、口に出すことはできなかった。

先月の夜。倭子のようなものが寝室を訪れ、私の背に触れたとき、私が感じたのは恐怖ばかりではなかった。

生き返ってくれたのかもしれないという期待が、どこかにあった。決して叶わないが、抱かざるをえない期待が。できればまた、会いたいという希望が。

しかしそれは、望んではいけないものだ。笠木が言っていたではないか、死んだものは「何をしようと、元に戻ることなんてない」のだと。

エリマキは私の苦い感傷を感じ取ったのか、どこか憐れみを込めた手つきで絵の束を撫でた。

「お前が俺の顔に何を見ているのか、ようやく分かった。死だ。死には形がないからな、お前の描いたのっぺらぼうの絵の姿を借りているんだろう」

黙ってエリマキの顔を見ていたが、昼日中でも夜でも変わらないそのぼんやりした目鼻の影は、確かに私の絵に似ていた。

「人間でなくて死を俺に見るやつなんて初めてだが……。お前が死を認めたくないのなら、その感情がお前の心にいちばん深く刺さっているのなら、そういうこともあるんだろうさ」

私たちはしばらく無言で向かい合っていたが、エリマキの表情をうかがうことなどできない。ただ、エリマキの言葉が胸に氷を当てられたように、冷たく染み渡っていくのを感じるばかりだ。

ふいに高く鋭い鳴き声が、穏やかな葉ずれの音を破って中庭から聞こえてきた。下生えが揺れ、葉が散る。鳥が落ちてきたものらしい。

私が縁側に出るその背中に、

「さっきの雲雀じゃないか」

とエリマキが言った。少し前に飛んでいったものかどうかはともかく、雲雀であるのは確かで、高い途切れがちな鳴き声とともに小さなものが跳ねながらもがいている。植込みの下にまで潜り込んだそれを両手でようやく掬い上げると、指に弱々しく抵抗する羽や嘴がしきりに当たった。

「飼い主の籠ぃ戻り損ねたらしい」縁側に上がってエリマキに指図する。「玄関まで戸を開けてくれへんか、両手が塞がってしもて」

「俺の手までかけさせる気か」

呆れながらも、先に立って戸を勢いよく開けていく。玄関まで開け放すと、さも面倒くさそうに大股で戻ってくる。

おおきに、と礼を言う前に、エリマキがすれ違いざま、

「どうせ死ぬぞ」

と言い放った。

振り返っても意味がない。往来に出て、雲雀が揚がっていた方角を探りながら足を進める。近所で鳥を飼う家も多くはないのだから、すぐに分かるかと思っていたのが、一軒目では違うと言われた。二軒目に向かって淡路町のほうへと南に曲がる間も、手の中でもがく羽の力が弱まっていく。

ひときわ強く羽が掌に当たったが、大きな抵抗はそれきりだった。まだ生きていることはわずかな震えで分かるが、その最後のあがきも刻一刻と失われていく。

生きている動物が私の手の中でただの異物と化しつつある。死んでいくものはすぐに冷たくはならない、ただの温度のない塊になる。それを私はよく知っていた、つい三か月前に知ったばかりだった。

塊を掌に収めたまま、二軒目の戸口で大きな声を立てた。

出てきた主人は差し出された雲雀の死骸を見て、ひとこと、

「やっぱり安いのはあきまへんな」と言った。「よう籠に戻ってけぇへんのやさかい」

礼に茶と菓子を勧められたが断り、羽の感触を指に残したまま家路についた。市電の規則的な音が、筋二本向こうの堺筋に響いては通り過ぎる。

もし今、紙と画材を渡されて、あの雲雀を描けと言われたら、私は描けるだろうか。鳥の顔であっても、死んだものの姿はもう描けなくなるのだろうか。

自分の家の前を通り過ぎそうになる。まだ玄関の戸は開いたままだった。エリマキはあのあと、やはり閉めなかったものらしい。

エリマキはアトリエにはいなかった。ひとつ奥の部屋、かつて内玄関と呼ばれていた場所で、壁に背をもたせかけて立っていた。

「お前の知らないところで終わらせてもよかったんだが」土間の炊事場のほうを顎でさす。

「一応待っといてやったんだから……お前が決めろよ」

「何を」

炊事場から、鉄瓶と蓋が触れる音がした。

幾度となく聞いたことのある音だった。早春の夜明けあと、真冬の昼、寒くなる秋の夕方、絶えず私の家では湯が沸かされていた。茶をいつでも出せるように。

いつなんどきお客が来なはるか分からしまへんから。

東京にいたころから、女中がそう言っていた。

台所に入り、炊事場に通じる板戸をそっと開ける。こちらに背を向けて、女中が立っていた。

湯を沸かし、茶葉の容れ物を出して、当たり前のように茶の用意をしている。回復したのだろうか。そんな知らせは巫女から受けていない。時間さえあれば訪ねもしているが、起き上がって働くどころか、口もきけずにいたはずだ。何より、戸棚に伸ばした左腕——水仕事で荒れてはいるが、焦げてなどいない。火傷の痕すらない。

いつの間にか背後に近づいていたエリマキが、低い声で言う。

「俺も迂闊だった、警告しておくべきだったよ。女中が死ねばここに帰ってくるのは当たり前だ。死んだことに気付いてないんだから」

死んだ、と繰り返したつもりだったが、唇が動いたばかりだった。病床の様子、あの傷では、女中が命を落とすことも覚悟していた。もしかしたら死後、津山のように、生きているもののように振る舞うこともあるかもしれないと考えていた。だが、たとえ予想していても、目の前でかつてと全く同じように働く女中の姿と、彼女が死人だという事実が頭の中で噛み合わない。

どうする、とエリマキが試すように続けた。

見なくとも、赤黒い襟巻がうねっているのが分かる。どうするなどと訊いたところで、エリマキの腹は決まっているのだろう。

「お客さんでっか、旦那さん」

振り返って問いかけてきたその顔や調子も、生前の女中のものと変わりない。答えに詰まる間に、襟巻が、私の指に触れながら板戸の陰でずるずると伸びつつあった。

「退け、エリマキ」ささやき声で制する。「少し待っとくれ」

「俺は腹が減っている」

「退け」

繰り返して、女中に呼びかける。できるだけいつもと変わらないように。

「お客やけれど、大事な話があるよって。茶ぁはあとでええ」

「はぁ、そうでっか」

女中の返事もろくろく聞かず、エリマキをアトリエに連れ戻す。エリマキが苛立っていることは、表情など見えなくとも分かった。

「お前の帰りを待たずに喰えばよかった。何日喰ってないと思ってる」

襟巻は今や床につくほどになり、畳の上をのたくっている。獣じみた涎（よだれ）が一筋、ぼやけた輪郭を伝って垂れた。閉じた襖の引手に指をかけたまま、そのはっきりしない目鼻を凝視する。

「せやけど、待ったな、おまはんは」

やはり表情は読み取れないが、蠢く襟巻の動きが一瞬、止まった。念を押して繰り返す。

「待っとってくれたな」

「何が言いたい」

襟巻が鎌首をもたげるように持ちあがり、両端が目の前に突きつけられる。この襟巻ならたとえ私を喰えなくとも、締め殺すことくらいは容易なはずだ。

「私が決めろ、言うたな、おまはんは」

鱗が頬をかすめる。錆びた剃刀（かみそり）の感触がした。

「せやったら、聞かせてほしいことがある」

ぼんやりした目鼻の影は動かない。続きを促している。

「もし私が……喰うてくれるな、言うたらどないなる。お竹はんはどないなる」

炊事場の気配は消えていないが、こちらの会話がはっきり聞き取れることはないはずだ。あの女中は部屋の外で立ち聞きをするような人間ではない、それは分かっていた。

エリマキがかすかな笑い声を漏らした。

「そりゃそのままさ。あいつはすでに死んでるんだからな。永遠に変わらない」

「……私が死んでもか」

虚ろな輪郭がうなずく。

「現実がどうなっていようと関係ない。何年経ってもあいつの中では、お前は若いまま生きてるし家も朽ちない、今の生活はずっと終わらない。明日が来ないことにも気付かない、前も後ろもどん詰まりの靄(もや)の中のくせに、本人だけはごくまっとうに生きてるつもりでいる」

お笑い種だ、と言い放ったが、口調にはひとかけらの笑いも嘲(あざけ)りもない。頬に触れたままの鱗から、耳障りな音がする。歯噛みの音に似ていた。

「俺はそういう間抜けが大嫌いだ」

吐き捨てた言葉が、どこかしっくりとこなかった。嫌い、とエリマキは言ったが、正確ではない気がする。嫌悪に混じって、微妙な憐憫の響きがある。

口を開きかけたとき、襖のすぐ外から、小さな足音がした。

「あのう、お茶、冷めますよって」

赤黒い襟巻がするりと退き、持ち主も戸から見えない位置に下がる。開けても構わない、ということなのだろう。

あまりに女中の声が生前と変わらないせいか、ごく自然に襖を開けた。その姿を改めて見ても、以前とまるで違いがない。白髪の混じった髪も、人のよさそうな顔つきも。

アトリエに客が来たときは、女中は中に入らせず、座敷際に盆を置かせるのがいつもの習いだった。女中はそのことも忘れていない、少し笑んで盆を置き、お邪魔してえろうすんまへん、と手をついて去る。

どちらが女中にとって幸せだろうか。エリマキに喰われてしまうのと、永遠にここで私に仕えるつもりで存在していくのと。

戸を閉めて、盆をアトリエの真ん中に置く。エリマキの前にも茶を置こうとすると、物陰から布がのたくるのが見えた。

「死人の淹れた茶なんて飲めんよ」

「そう言っても、ああも変わらん。飲んでやらんと不憫やさかい――」

一口含んで、何か妙だと感じた。吐き出すような味ではない、毒の類いなどではなかった。舌の上で転がす、もしかしたらと思う。そろそろと湯呑(ゆのみ)を口から離した。

茶ではない。色も香りも味もない、ただの湯だった。

湯呑を見つめる、無色の湯を透かして茶渋がこびりついているのが見える。女中がいたときには絶えずきちんと洗われて、つくことのなかった茶渋、私が慣れずに洗うものだからついてしまったものだ。

意味もなく、馬鹿のように、湯呑を揺らす。湯を見つめているうちに、ようやく思い出した。茶葉は三日も前に使いきった、無精をして買うこともしなかった。

女中は気が付いていない。湯呑に茶渋がついていることにも、茶葉が切れていることにも。茶葉がなくなったなどと思いもしないで、ありもしないものを急須(きゅうす)に入れ、茶渋がついているなどと気付きもしないで、ただの湯を湯呑に注いで、いつものように主人に差し出した。

「エリマキ」

物陰から地味な着物が這い出す。

「お竹はんはこれを……ただの湯を茶やと」

「そうだろう。それがずっと続く」

畳に手をつき、片膝を立てる。

「茶葉がなくなっても、主人がいなくなっても、この家がいつか壊れても、あれは同じことを繰り返す。死者とはそういうものだ。死んでることに気付かないというのは、そういうことだ」

俺が喰わない限りは。エリマキが付け足した。

揺らしていた湯呑から、湯がこぼれて袖を濡らした。炊事場からはまた鉄瓶の音が聞こえてくる。

「……喰うてくれ」

私の声に応えて、赤黒い襟巻の鱗が、庭からの日を受けて光った。

「喰うてやってくれ。あれはあんまりにも……」

「不憫だな」

言うなりエリマキは立ち上がり、炊事場のある土間へと降りていった。

「まぁ。あんた……」

女中の声は聞こえてくるが、私は炊事場を覗くことができなかった。これから何が起こるか、はっきり分かっていたからだ。

「どないなお客かと思うてたら、あんたやったと分かっとったら茶ぁなんか出さへんかったで。借りた金は返したんか？　あんたが行方くらましたときはもう、わてどんだけ方々に頭下げたか……」

女中の涙ぐんだ声が、開いたままの襖を通して聞こえてきた。昔出ていったという亭主の話は聞いていたが、エリマキがそれに見えているのかもしれない。

「えろう心配かけてすまなんだな」

エリマキの声は私にとっては先ほどとまったく変わらないが、女中には聞き慣れた声に聞こえているのだろう。

「まだきれいな身体とは言わんが、あちこちに無心した分は少しずつ返しとるさかいな。わしもちぃとはまともな人間になっとるさかい……」

蛇の這いずるような音がエリマキの声を遮ったかと思うと、あ、と女中がひと声叫んだ。それが私の聞いた女中の最後の声だった。長い襟巻の擦れる音、呪文を唱える低い声に続いて、ごきりと太い骨の折れる音が耳に届いた。

「首の骨を折ってやった」

炊事場から、エリマキのよく通る声が聞こえてきた。

「こういう馬鹿な死人には、自分が死んだと分からせてやるのが手っ取り早いんだ。俺の好みの喰い方じゃないんだが」

「それは」襟巻の中で肉が潰れる音を聞きながら、それでもその光景を目にできないまま、私は問いかけた。

「お竹はんが喰われるとき、痛い思いをせんようにか」

エリマキは答えず、呪文を繰り返した。肉と骨と内臓が混ぜられ、呑み込まれていく。

やがて咀嚼が終わり、しゅるりと襟巻が床を這う音がするのと同時に、またどこからか、揚げ雲雀の鳴く高い声が聞こえてきた。

六

女中には行方不明の夫の他に身寄りがなかったから、葬式はうちで出すしかなかった。

倭子の実家から来た身ではあったが、あの家からはそういう申し出はなく、私も葬式を出してくれと頼む気もない。

彼女は私の家のことに巻き込まれて、命を落としたのだから。

とはいえ、葬儀は私ひとりで手が回るものではない。通夜の前だけでも魔除けの刀や逆さ屏風を枕元に置く、供え物をする、檀那寺に知らせを走らせるなどとやることが多すぎるから、近所の者たちの手を借りなければいけなかった。

義兄にも知らせをやったが、

「商売でとても手が離せない。そのうち拝みに行くから、前に教えた通りやってくれ」

という旨の返事と、せめてもの気持ちか、年かさの女中をひとり寄越してきた。

この女中が、縫い物が得意で、経帷子や脚絆を慣れた手つきで縫っていくから助かった。近所の女たちも、みなで寄り集まって晒木綿を引き裂いたり縫ったりと、私の指示よりよほど手際がいい。

「火傷して養生してはったのが、とうとう行きはったんやて。あない達者なお方やったのに、ほいないことでごあすなぁ」

「寂しゅなりますなぁ。門にお水をしずめるとき、いつも挨拶してましたんや」

「あそこの昆布がええやの、あそこの魚はもうあかんやの、よう話しましてな」

年寄りや他の手伝いの女たちがそうしみじみと語るにつれ、悲しさというよりも罪悪感が募ってくる。

「あんさんは、どこのおひとですのん。ここいらでは見ぃひんお顔でっけど」

ひとりが歯の抜けた口をもぐもぐさせながら、横で三角の紙冠を作っている女に声をかけた。

「ええ、あの方が火傷してから、ちょっと面倒見させてもろてたんだす。短い付き合いでしたけど」

聞き慣れた声だった。ぎょっとしてよく見ると、例の巫女が当たり前のような顔をして座っている。

声をかけようとすると、相手は「後で」と口だけ動かして伝えてきた。

巫女は最初こそ見ない顔ということで、あちこちから好奇の視線を投げかけられていたが、手が足りなそうなところを見つけてはさっと仕事をするものだから、慌ただしい葬儀の場でいつの間にか馴染んでしまったようだった。

棺を霊柩車に乗せ、あとは私が付いていって別れを告げるばかりとなった。方々に礼を言って近所の者たちを見送るが、巫女は帰らず、棺を出した表玄関で何かを探すようにうろうろとしていた。

「なんぞ落としたんでっか。私はもう出なあかんのでっけど」

声をかけると、振り返った巫女はどうも腑に落ちない、という顔をしていた。

「ああ古瀬さんか。ひとつ頼みなんでっけど、留守を任せてもらわれへんやろか。気になることがありますさかい。あと、扇を一本、ちょっと貰われへんやろか」

留守のほうは、こちらにとってむしろ助かる申し出だった。なぜ扇なのかと気にはなったが、

「扇は、十二畳間の小さい柳行李に入れてあります。女中のもんがよければ、部屋は二階にありますよって、好きにお使いいただいて構いまへん」

と答えた。巫女はうなずいて、軽く頭を下げた。

「えろうおおきに」

「こちらこそ……。ほな、行て参じます。あんじょうよろしゅう」

私は巫女に礼を返すのもそこそこに、急ぎ足で車を捕まえに往来へ出た。

女中の骨を迎えて帰るころには、もう日が暮れかけていた。骨壺（こつつぼ）を抱えたままふと表玄関を見ると、要（かなめ）を外した質素な扇が掲げられている。これは女中のものだろう。行く前のやり取りからして巫女がやったに違いないが、その意味は分からなかった。

ひとまず骨壺を二階の女中部屋にそっと置き、巫女の姿を捜すと、先に見慣れた赤い襟巻姿が客間で足を投げ出して座っているのが目に入った。

「もう自分のうちみたいに座りよって、憎たらしいやっちゃな」

私の悪口にも、エリマキはいつもの不遜（ふそん）な態度をとるでもなく、深いため息をついた。

「そう言ってくれるな。いつもは魂を喰ったら腹が膨れていい気持ちなんだが、今はどうも気分が悪い」

エリマキの向かいに座る。思わず、奥の十二畳間に視線が行っていた。

「倭子の……倭子みたいなもんの呪いがかかっとったからやろか」

「いや、そういうんじゃない。なんだか、あの女中が俺を見たときの、嬉しそうな顔を思い出したら、後味が悪くてな」

「罪悪感か」

エリマキはのっぺらぼうの顔をそむけて、答えはしなかった。

「それよか、密子の話のほうが肝心だ。思ったより厄介なことになってるらしい」

エリマキが言うのと同時に、ちょうどよく巫女が姿を現わした。だらしないエリマキの足を軽く叩いて自分も脇に座り、頭を下げる。

「まずはお悔やみ申し上げます。わてもなんや、気が滅入ってもうて。ちょっとの間やったけど面倒見たひとやったもんで」

私も頭を深く下げた。

「いえ、おおきにありがとうございます。看取ってもろた上に、葬儀の手伝いまでしてもろて」

その葬儀の手伝いでっけど、と巫女が遠慮がちに切り出した。

「実は義理人情だけでやったんと違いますねや。ちょっと調べたいことがあったさかい、お邪魔させてもろたんだす」

巫女は背筋を正して、言葉を選びながら話しはじめた。

「前にわて、古瀬さんに奥さんの葬儀はきちきちとしはりましたか、て言いましたやろ。あれ、意地悪で言うたんやないんです」

「……すると、今日手伝うてくれはったんは、その決まりが守られとるか見るためやったんでっか」

巫女はうなずいた。

「家によって細かいとこは違いますさかい、なんとも言えんとこもあったんでっけど、ほとんどはきちんとしてはりました。……ただ、ひとつだけ、やらなあかんことが抜けてましたんや」

巫女の顔の真剣さに、けど、と言いかけた言葉を呑み込む。慌ただしい葬儀ではあったが、手抜かりはなかったはずだ。

「願ほどき、いう呪法を知ってはりますやろか」

私は首を横に振った。少なくとも、私の知る手順にはない。

「他人の弔いで見たことはおまへんやろか。本人の着物を屋根に放り上げてから下ろしたり、要を外した扇を掲げたり投げ上げたりしますんや」

「玄関に掲げられとった扇、あれ、やっぱりあんさんが」

「霊はエリマキが喰うた言うとりましたし、差し出がましいとは思いましたんやけど」と、巫女がうなずいた。

巫女の言った儀式のいくつかは知り合いの葬儀で見たことはあるが、他の家のこと、独自のものだと思って気に留めはしなかったし、それが願ほどきというものだということも知らなかった。

「……そいで、その呪法、いうんでっか。それはどないなもんなんです」

胸に不安が広がりはじめるのを、留（とど）めながら訊く。

「願ほどきいうのは、行んだ者（もん）をきちんと成仏させるために、生前にした願かけをほどく儀式のことだす」

エリマキが横から口を挟んだ。

「つまり、この世の未練を断って、霊があの世へと無事に行けるようにするためのものだ。それを怠って死者がこの世に願いを残したままになると、あの世にも行けず戻っても来られない、どっちつかずの霊になっちまう。お前の嫁さんみたいにな」

ふたりの言葉を聞きながら、私は必死に自分が知っている葬儀の手順を思い返していた。

しかし巫女が言う願ほどきのやり方も、そもそも「願ほどき」というものがあることすら私は聞いたことがなかった。

いや、正確に言うと、聞くべきひとから聞いていない。

「義兄が……」のろのろと口を開く。「私の義兄……姉の夫でっけども、その義兄が家の葬儀の一切を取り仕切っとりました。ほんまやったら姉も関わるはずなんでっけど、母の弔いのときは姉も御寮人さんになって初めてのことやったし、親類縁者との付き合いやら、雇人への指図やらでせわしないさかい、義兄にこまごまとした手順を教たそうで……ほんで、父のときは姉も二度目やし、口出ししようとしたところが」

「義兄さんにはねつけられて、弔いを仕切られたということでっか」

巫女の言葉に、私はうなずいた。

「せやから葬儀のやり方は倭子のときに義兄から聞いたもんです。今回もその通りにやったはずなんやけども、なんでそないに大事なことが……」

「分からん。けどひとつ確かなのは」

エリマキが言いながらあぐらをかいた。

「お前の嫁さんは願ほどきをされなかった。だからあんな歪な姿でまだ、この世に留まってる」

襖の隙間から覗く倭子の霊の顔を思い出し、胸に苦いものが込み上げる。巫女が煙草入れを懐から取り出した。

「煙草盆、借りてよろしおますか」

煙草盆を差し出すと、巫女は眉根を寄せながら一服をした。

「なんにせよ、古瀬さんの義兄さんがなんぞ隠してはるのは確かでんな。古瀬さん、なんや思い当たることはあらしまへんか。奥さんの亡くなる前や、葬儀のときに。小さいことでもかまへんさかい」

そう言われて、去年の秋からの記憶をひっくり返す。私もまさか義兄を疑ってはいなかったし、葬儀のときは逐一動きに気を付けるほどの暇はなかったから、不審なことと言われても覚えはない。そして倭子の死の前となると……。

「そういえば、倭子が行んでまう少し前、十二月のはじめやったやろうか。義兄が倭子を訪ねて来たことがごあります。見舞いやなんや言うてはったけど、今思い返すとなんや落ち着かん様子やったな」

「ふぅん。年も押し詰まったそんな忙しい最中(さなか)にね」

エリマキが皮肉めいて言った。

「それで、何か変なことがあったのか」

「倭子とふたりきりで話がしたい、言うて、私をアトリエに帰しはった。それから、墨と硯と筆を女中に運ばせて、倭子となんや話してはったな」

巫女がこよりを拵えて、煙管から黒いヤニを引きずり出した。

「そら怪しい。狐の尾を見たり、ですわな。いや、なんやその義兄さんの話を聞いてると、狸みたいなんが頭に浮かぶんですが」

巫女の場違いな冗談に、私は苦笑した。「まぁ、どちらかというと狸に似てはりますわ」

「その狸が、書く道具を使って何をしたんだろうな」

ヤニが取れた煙管でまたスパスパと煙を吐いていた巫女が、エリマキの問いを聞きながら灰を落とした。

「そこまでは分からへん。奥さんに何かを書かせて、古瀬さんにはなんも言わずに持って帰ったんやろか……」

「嫁さんが書いたとも限らんぞ。義兄が使ったのかもしれんし」

考え込むようにつぶやいてから、エリマキはもどかしげに「今はなんとも言えんがな」と付け足した。

「でもそれが、願ほどきと関係あるもんでしょうか」

聞いたばかりの呪法のこと、私はまだ半信半疑で問いかけた。恩のある義兄が倭子の霊をこの世に縛りつけているという話を、そうすんなりとは受け入れられない。

答えたのは巫女ではなく、エリマキのほうだった。

「あるに決まってるだろ。なんだ、煮え切らないやつだな。お前はまだ義兄に遠慮があるのか。そいつが願ほどきをお前に教えなかったせいで、お前とお前の嫁さんの霊はこんな目にあってるんだぞ。業腹だと思わんのか」

その声は苛立ち半分、けしかけ半分というところだった。巫女が驚いた顔でエリマキを見つめている。こんなに業を煮やした姿を見るのは初めてだったのだろう。その視線に気付くと、エリマキは懐手をしてそっぽを向いた。

私はというと、次々と告げられた事実に困惑を覚えながら、倭子のことに思いを馳せていた。

初めて倭子の霊の手を背中に感じたあの夜から、私は倭子の霊とまた会うことができるのならば、どんなにいいかと思ったこともある。しかしそれは願ってはいけない、と思い知らされた。倭子でありながらこの世のものでない、瞬きひとつしない蠟人形のような顔。

女中の手を焼いて殺した見えない火。

生前の倭子にはもう会えない。俯いてはにかむ笑顔や、伏せがちな目の黒々とした睫毛や、白く柔らかい手はもう目にすることができない。この事実は冷たい岩のように、厳然と私の胸にのしかかった。

成仏ができているのなら、まだ慰めもあっただろう。だが、倭子はそれさえ許されないで、まだこの家のどこかにいる。「化けもん」と呼ばれる何かと化して、あの世にも行けずこの世からも去れないでいる。

「……私にはまだ、義兄を憎みきるほどの意気地がごあへん」

私は考え考え、口に出した。

「ただ古瀬の家には、なんぞあるんでっしゃろ。倭子の霊を歪ませてしもた何かが。私はそれが知りたい。そいで……もし倭子を安らかに、あの世ぃ送る手ぇがあるんやったら、そうしてやりたいと、そない思うとります」

「よし、そう来なければな」エリマキがぱんと手を打った。

「どうだ。覚悟が決まったなら、ひとつお前の義兄の家に乗り込んでみようじゃないか」

思わず目をむいて答える。「義兄さんから話聞く気か」

「これだから育ちのいいやつは困る」

エリマキが笑い声を立てた。

「俺たちの考えが合ってるなら、義兄は相当危ない橋を渡ってる。正面切って訊いてぺらぺら白状するはずがないだろ」

「そんなら、どないする」

むっとした私の返事に、エリマキはわざと声を潜めてみせた。

「そいつが持ち帰ったらしい書き物か何か、それを忍び込んで盗んじまおう」

思いがけない企み(たくら)に眉をひそめると、エリマキは気軽に手を振って、

「そんな顔をするな、俺もついていってやるよ。こういうのは俺のほうがずっと慣れてるからな」

巫女がさもおかしそうに濃い煙を吐いた。

「どういう風の吹きまわしや。腹が膨れたら満足の子どもみたいなんが、いつの間にやらこないな親切者になってしもうて」

答えるエリマキの声は、いつもより少しばかり真剣だった。

「首を突っ込みすぎたな。もう、この件は喰える喰えないの話じゃない。あれは放ってお

くと必ず厄介なことになる。しかも、俺だけじゃ無理らしい。壮一郎の家が関わってる以上、壮一郎がいないとどうにもできん」

そして私のほうを顎でさした。

「それに、これ以上こいつの身の回りに何かあったら、寝覚めが悪い」

意外な言葉に返事が思いつかないでいると、エリマキがいつもの調子を戻して、さも愉快そうな笑い声を出した。

「で、お前の義兄の店は心斎橋の呉服屋だって？　おもしろそうだ、ひとつ五右衛門の真似ごとでもしてみるか」

「釜茹でにならん程度にしいや」

巫女が茶々を入れて、煙を天井に向けて吐き出した。

第三幕

鰻谷（うなぎだに）扇恋塚（おうぎのこいづか）

一

「こりゃあ、戦場に飛び込んできたようなもんだな、お前の義兄（あに）とやらは」

女中の葬儀が落ち着いた三月の末。タクシーを降り、歩いて道幅の狭い心斎橋筋に出ると、エリマキが周りを眺めながら声をあげた。

義兄が営んでいる呉服屋は、船場の南端である長堀川を越えてすぐの、心斎橋筋と鰻谷（うなぎだに）通（どおり）の交わる辺りに移転していた。エリマキが「戦場に飛び込んできたよう」と言ったのは、そこがまた同業者の多いことにあった。数軒の呉服屋、洋服店のみならず、すぐ近くに十（そ）

合のひときわ目立つ西洋風の、いかにも堂々とした店構えが見える。心斎橋は勝手知ったるところだから、洋傘、時計、洋画材料の小売店がずらずらと看板を掲げている眺めを見ていると、こんな夜でも昼日中の雑踏が耳によみがえってくる。

とはいえ、店はどれもとうに閉まって暗く、頼りになるのは街路灯の弱々しい光ばかりだ。それがエリマキの鱗状の布や、ショーウィンドーや、屋号を大きく書いた看板をほのかに照らしている。

「戦場か」

私はエリマキの喩えに苦笑を浮かべて答えた。

「うん、私もなんで義兄がこないなとこを選んだのか分からへん。確かに店が閉まるまでの人通りはえらいもんやが……」

「だが？」

私は頭を掻いた。

「先代……私の父親は心斎橋を見下しとってな。船場の人間はたいがい平野町で買うもんやさかい。それを婿養子である義兄が知ってはらへんはずはないんやが」

エリマキが馬鹿にしたような笑い声を立てた。

「お前の親父はもう死んだんだろう。先代に隠れて反発心でも抱えてたのか、先代とは考えが違ったのか」

「せやろか。義兄は父親を恐れとるように私には見えた。船場では、婿養子いうもんは、婿に入った家の人間には頭が上がらんさかいな。父親が行んでもうたとはいえ、平野町を離れる理由はないと思うんやが」

ふん、とエリマキは鼻を鳴らした。

「分からんもんは仕方ない。今重要なのはそのことじゃないだろうが」

腑に落ちないことはあったが、エリマキの言うことは正しい。私は義兄の家に忍び込むという緊張を思い出して身を硬くしながら、そろそろと歩を進めた。

三軒ほど向こうに義兄の店が見え、私は指でエリマキに場所を示した。

「あれか」

と言ったきり、エリマキはしばらく押し黙った。義兄の店は、変わらず「喜志井屋」という屋号が大きく書かれた看板の掲げられた、派手派手しい店構えだったが、私と倭子が初めて訪れたときと比べ、漆喰の汚れや、掃除もされていない屑が目についた。今が昼日中であったら、客足の具合も分かったのだが。

ふいにエリマキが警戒を込めた声でつぶやいた。

「変だ。よくは言えんが、あの店は何かがおかしい。妙な……臭いがする」

「妙な臭(カザ)い？」

「人間でいうと、食い物屋から飯や魚の腐った臭いがしてくる、そんな感じだ」

エリマキも、私の感じた店の退廃を、彼なりの感覚で嗅(か)ぎつけているようだった。

いくら夜でも、表から忍び込むわけにはいかない。表通りを離れ、蔵や主屋(おもや)の見える裏通りへと回り込んだ。

「お前の家では、大事なものはどこにしまっていた」

「思い当たるとこはいろいろあるけど、見当はつく。義兄が倭子を訪ねたとき、筆を運ばせたんやったら、紙か木か、なんぞ字ぃが書ける、燃えるもんを持ち帰りはったんやろう。そんなら、蔵や。火事がいっても守れるよってな」

納得したのか、エリマキは軽くうなずいた。

「蔵の鍵(かぎ)の場所を知ってるのは」

「姉やろうな。家のこと一切は姉が預かってはる。ひさし髪の、ちょっと背の高いおひとやから見たらすぐ分かるわ」

話しているうちに、義兄の家の裏木戸近くに来ていた。しぜん、声が低くなる。

「蔵が二棟あるようだが」

エリマキの言葉に少し考える。

「商い蔵と、衣装蔵やろうな。商い蔵には番頭がよう出入りするさかい、物を隠すには不向きや。衣装蔵やったらごたごたしとるし、まだ隠しようがあるんやないか」

どっちが衣装蔵かついでに聞き出すか、とエリマキがつぶやいた。

「姉に子はいるか」

「十一の坊ちと、六つの嬢さんがいはる」

エリマキが面倒くさそうにため息をついた。

「ガキのふりをするのは骨が折れるんだが……まぁ、夫か子に見えるのが妥当なところだろう。あと、姉に親しいやつはいるか」

私は首を振った。「友人はいはるけど、これといって親しいのは聞いたことあらへん」

言いながら、不安が込み上げるのを止めることができなかった。エリマキ自身、相手にとって自分が誰に見えるか、会ってみるまで分からないのだ。

その不安を表情から読み取ったのか、エリマキはこちらを馬鹿にしたような笑い声を漏らした。

「まぁ心配するな。俺が今まで何円、他人のふりして巻き上げたと思ってる」

そう言うエリマキの顔がもし今見えたら、悪人の表情をしていたに違いない。

「家の者は寝てるだろうか」

「今時分やったら、雇人はそろそろ寝るころやろうな。義兄は誰より早う起きて遅う寝るような商売熱心なお方や、起きてはるやろう。姉は昔からなかなか眠られへんのが悩みでな、起きてはるとは思う。寝所は夫婦でも別やろう。姉は船場での習慣は変えへんやろうからな」

ふぅん、とエリマキは顎に手を当てた。

「雇人も寝てる、寝所も別となると一見楽そうなもんだが、家の中がどうなってるか分からんことにはな……。壮一郎、お前訪ねたことがあるんだろう」

「私らが通されたんは一階の客間だけや。姉夫婦や雇人の寝る二階のことは分からん」

エリマキは頭を掻いた。

「半ば運試しだな。まぁ、こういうのには慣れてる。うまくやってみせるさ」

「私はどないしとったらええ」

エリマキは板塀の中、高野槇が枝を伸ばしているのを眺めて言った。

「庭があるな。蔵の近くにも適当な茂みがあるだろうから、隠れて待ってろ。俺がどうにかして忍び込んで、姉から鍵の場所を聞いてきてやるから」

「もしおまはんがしくじって、騒ぎになったらどないする」

「心配性だな」エリマキは鼻を鳴らして、裏木戸をあっさりと開けた。

裏木戸のすぐ中は庭になっており、北東の隅に白漆喰の蔵が二棟建っている。いちばん外の分厚い片扉は開け放したままだが、中の格子蔵戸の鍵は閉まっているだろう。庭の向こうには主屋が見える。庭に面した二階の部屋には灯りがついているが、誰の部屋かは分からない。

私は蔵のすぐそば、阿亀笹が並んで植えられている場所を見つけ、その後ろへと滑り込んだ。板塀との間は狭いが、座って待てるほどの空間はある。

姉は寝所にいるだろうが、エリマキが他の誰とも鉢合わせせずにたどり着けるとは限らない。こっそりと主屋のほうへ忍んでいく後ろ姿を、葉の隙間から不安とともに見守った。

エリマキを待っている間、ぼんやりと五燭の灯りが見える主屋に目をやり、どんなささいな音にも耳をそばだてた。一度、姿勢を崩して持ってきた風呂敷包みを倒しかけ、身体中からどっと汗が噴き出た。この中身はエリマキがうまくやれば、きっと役に立つだろう。

十分、二十分と過ぎ、騒ぎの声が起こらないのだけを頼りにじっと耐えていると、ふいに赤黒い布が目の前に垂れた。

「ずっと座ってたのか。なかなか辛抱強い」

「うまいこといったか」

エリマキは答えず、代わりに小さい鍵と、直角に曲がった棒のついた鍵をちらつかせた。夜とはいえ、家の者がいつ通りかかるか分からない。エリマキは無言で格子の下にある錠を小さな鍵で、足許(あしもと)の「落とし」が仕掛けられた錠をもうひとつの鍵で手早く開けてみせた。泥棒まがいができるというのも、嘘ではないらしい。

戸を閉めると、四角い棒状の「落とし」が戸の内側にくりぬかれた溝にはまった。これで扉は鍵がかかったことになり、誰かが入ってくる心配もなくなる。私は風呂敷包みを解(ほど)いて、カンテラを灯(とも)した。エリマキのために、もうひとつ灯す。泥棒の助けをするようなものだから、蔵の中に灯りを引く家などない。

カンテラを渡そうと立ち上がったとき、エリマキがこらえきれないというふうに小さな笑い声を立てはじめた。

「どないした」

私の問いにも拘わらず、腹を抱えて震えている。ようやく収まったかと思うと、エリマキは私の肩を気安く叩いた。

「おい、お前の姉さん、とんだ狸だぞ」

「どういうこっちゃ」

首尾よくいったのが愉快なのか、エリマキは上機嫌に話しはじめた。

「ちょうど姉らしきひとがひとりでいるのを見つけたから、顔を覗かせてみたんだ。そしたらあちらさん、えらく驚いてね」

「死人に見えたんか」

「いや」私の不安をよそに再び笑いに肩を震わせ、「部屋に連れ込まれたかと思うと、いきなり抱きついてきたんだよ。『もうわてのことなんて、忘れてしもたかと思うとりました』って、乙女みたいな声でね。おおかた、若い恋人でもいるんだろうさ」

私は額に手をやった。

「堅いおひとやと思うてたんが……」

「そういう女ほど、一度惚れ込むと引きずるもんだ。別にいいじゃないか、浮気のひとつやふたつ。おかげで鍵も手に入れたんだ」

いきさつはともかく、鍵を入手できたのはエリマキの手柄としか言いようがない。ため息をつき、蔵の中をざっと見てみる。そこいらじゅうに、紐で十字に封をされた桐の箱やランプ、巻物、火鉢や衣装箱の類いがぎっしりと並んでいる。入り口の近くには、二階に通じる階段があったが、カンテラの光は上までは届かない。

「探すのに難儀しそうやな。片っ端から探すんか」

「そんなことをしてたら夜が明けるぞ。義兄が何を隠しているか分からんが、それは相当厳重に保管されてるはずだ。あえて無造作に置くという手もあるが……」

エリマキは蔵の中をぐるりと見回した。

「年に一度でも出し入れするようなものがあるところは、まず置いておこう。四季の掛け軸や、火鉢なんかがしまわれてるところだな。何かの拍子で女中か誰かに見つからないとも限らん。そうだな……もう使われんようながらくたの置いてあるところから探したらいい」

周りに並ぶ品々を眺める。「そいで探すとこが絞れたとしても、まだ手間がかかりそうやな」

「お前の義兄が、何かを持ち帰ったのはたった四か月近く前だぞ」エリマキが顎を上げて言った。「それをしまったときに、残った形跡があるはずだ。あるところだけ埃が薄いとかな。どうだ、これで少しは手っ取り早くなるんじゃないか」

エリマキが説明するのを聞きながら、私は眉をひそめた。

「手慣れとるな」

相手はふっと笑い声を漏らして、私の手からカンテラを受け取った。

エリマキの言うコツらしきものを頼りに一階を探ってみたが、それらしいものは見当たらない。反対側を漁っているエリマキに声をかけても、首を横に振るばかりだった。

「二階か」

階段の傍に戻り、エリマキがカンテラを掲げた。

きしむ階段をそっと上がり、二階をカンテラで照らす。物がごてごてと並んでいるが、一階よりもさらに雑然としている。部屋の造りは一階とほぼ同じだったが、私はどこか妙な感じを抱いた。

「どうした」

「いや……」私はカンテラを持ちながら、蔵の中をぐるりと歩き回った。

「私は風景画も描くからな、距離を摑む勘はなかなかのもんやと自分でも思うとるんやが……この二階、一階より一間ばかり、奥行きが狭いようや」

エリマキはそれで何かに勘づいたようだった。

「ここだな。間違いない。さっきより念入りに探そう」

それから十分ほど、私とエリマキは蔵の中を注意深くカンテラで照らしていった。提灯、中身が空の船簞笥、古びて少し破れた掛け軸。どれも動かしたような跡はない。エリマキの言う通り、少しでも怪しいような箇所があれば物をどけ、試しに箱や行李を開けてみたが、何ら変わったものは見つからなかった。

義兄とはいえひとの家に忍び込んでいる落ち着かなさと、めぼしいものが見つからない焦燥で背中に汗をかきはじめたとき、エリマキがふいに後ろから肩を叩いてきた。

「おどかすな。声立てるとこやったやないか」

エリマキは何か言う代わりに、裏通り側の壁沿いにひっそりと置かれている、古びた階段簞笥をカンテラで照らして見せた。

階段簞笥はその名の通り階段状になっており、そのまま階段として使うものもあるが、これはそれほどの大きさではない。簞笥の真ん中には小さな引き出しが横に三つ並んでおり、その真下に大きめの戸棚があった。

「この引き出し、左と真ん中だけ開けにくい」

「古なって、どっか歪んでんのと違うか」

「それなら、右側もそうなるはずだが……」

何か考えがあるのか。やったほうが早い、と言わんばかりに、エリマキは下の戸棚を開け、中のものをすべて取り出した。もう使わないような雑多な紙束や、かなり古い大福帳が戸棚の斜め前にばさばさと放り出される。

戸棚がすっかり空になったところで、エリマキは左の引き出しの取っ手を引っ張った。さっき言っていた通り、するりとは開かない。いや、体重を後ろにかけて、やっと開きかけたくらいだった。同時に何かが軋む、妙な音がする。

「壮一郎、何ぼんやりしている。戸棚の中を覗け」

言われてしゃがみ込んでみて、私は小さな声をあげた。戸棚の奥の板、左の三分の一ほどがずり上がり、簞笥の向こうに白漆喰が見える。

「エリマキ、もっと開けとくれ」

「待て、これでなかなか力が要る」

それでもエリマキが開けきると、白漆喰の壁にちょうど手をかけて開けられそうな、くぼみが見えた。エリマキのうなり声が頭上から降ってくる。

「なんだ、開けきっても固定されないのか。壮一郎、この引き出しを開けたままにできそうな大きさの箱を持ってこい。頑丈なやつだ」

使い走りをさせられている丁稚(でっち)の気分だが、それどころではない。昔使っていたのであろう菓子鉢の箱を手渡すと、エリマキは箱を引き出しに入れて固定した。

「この仕掛けは……」

「箪笥の奥を二重にして、その中に滑車か何かを使った仕掛けを施したんだろう。奥の板が開くようにな。さて、これだとまだ俺たちの身体は入らん。真ん中も同じ仕組みだろう」

真ん中の引き出しも同じように開け、固定して戸棚の中を覗き込む。果たして、白漆喰の壁の一部が引き戸になっていた。仕掛けを解かない限りとても見つかりそうになく、四つん這(ば)いになってようやく通れるくらいの大きさだった。

「隠し部屋か」

「ああ。手の込んだことをするもんだ」

忌々しげなエリマキの声を聞きながら、私は妙な胸騒ぎを覚えつつあった。義兄は何を考えて、ただでさえ厳重な蔵にこんな仕掛けまで施したのか。これほど入念に封じ込められた部屋で、何を目にすることになるのか。考えるうち、胸騒ぎが不安と恐れとなって、喉(のど)を塞(ふさ)いでくる。

先に戸棚に入り込んでいたエリマキを見ると、エリマキは白漆喰の引手に指をかけたままの姿勢で止まっていた。

「どないした」

声をかけるのと同時に、エリマキの身体がわずかに震えているのに気がついた。赤黒い布が伸び、床にのたくっているが、ときおり怯(おび)えるようにびくりと跳ねている。

「変な感じが強まった」エリマキが答える。

「あのときと同じだ。俺がお前の嫁さんを喰(く)えないと思ったときと」

私が倭子のようで倭子でないものの顔を見た日。女中の指が焼かれた日の、エリマキの恐怖の混じった声を思い出す。エリマキの声には、そのときとまったく同じ、いやそれ以上の躊躇(ためら)いと恐れがあった。

エリマキに感化されて、私の背にも戦慄が走った。蔵のひんやりした空気が、いっそう薄ら寒く、身体中を覆う。エリマキはひとつ、大きな息を吐くと、引き戸をわずかにずらした。

「もし何かあったら、お前は逃げろよ」

投げかけられた言葉に、とっさの返答ができなくなる。

「お前は俺と違って、ただの人間だ。身を守る術なんてないんだからな」

そう言うと、エリマキは引き戸をそろそろと開けた。カンテラを持ち、先に隠し部屋へと潜り込む。

私も続こうとしたとき、中からエリマキの「ああ」という、絶望とも怯えともつかない声が聞こえてきた。

慌てて私も這入り込むと、カンテラの光を受けて、エリマキが呆然と立ち尽くしているのが見えた。赤黒い布がうぞうぞと、警戒する蛇のようにのたくる。

五十を超えるであろう扇が、三方の壁を埋めるほどに掲げられていた。赤、黄丹、薄緑、青紫の地、鷺に紅葉に流水紋、様々な色や模様が、ふたつのカンテラに照らされ、金箔は異様に光り、壁には濃い影が揺らめいている。影が揺れているのは、私たちのカンテラを持つ手が震えているからだと、しばらくしてようやく気付いた。

壁に近づいて、カンテラを掲げてみる。扇の意匠はどれも違うが、ひとつだけ共通したものがあった。筆で「商売繁盛」という文字が、様々な筆跡で書かれている。本来めでたいはずの願かけの四文字が、この狭い部屋の中、無数の扇のすべてに書かれている様は、まるで呪いじみていた。

いや、呪いじみているのではない。これはほんとうの呪いなのだ。

「これがお前の家の因習か」

エリマキが低い声でつぶやいた。

「密子が言っていたな。願ほどきの中には、要を外した扇を掲げたり投げ上げたりするものがあると。見ろ。どの扇も、要なんて外されちゃいない」

答える声など出ず、一歩も動けなかった。無数の扇と、「商売繁盛」という四文字がこのように蔵の奥に隠され、私たちを取り囲んでいるのに、ただただ異様な寒気を覚えるばかりだ。

エリマキが掲げていたカンテラをやや下ろして言った。

「いつからかは知らんし、誰が考えついたのか、それとも余所者に吹き込まれたのかも分からん。だがお前の家は代々、誰かが死にそうになるたびに、こうして扇に『商売繁盛』

と書かせたんだろう。本人がどういう願かけをしていたにしても、それに上塗りをするためにな。そして葬儀の際には願ほどきを行なわず、死人の願かけはこの世に留まり、お前の家は願い通り栄えた。死んだ者が死に切れず、この世をさまようという代償を払って」

「ずっと前から……」私はようやく、乾いた唇を動かした。「こないなことを……」

「願ほどきをしてこなかったせいで、表向きは商売がうまくいっていても、裏で何か変事でも起きていたのかもしれん。それで平野町の店を捨てて心斎橋に移ったが、いわくつきの場所だ、他人にはおいそれと貸しも売りもできない。困っていたところにお前が都合よく帰ってきた。そういうことだろう」

変事という言葉に、古い記憶が呼び覚まされた。幼い倭子をからかうために、話してやった家の怪談。

――わての家な、幽霊が出るんや。

あれが、変事の片鱗だったのか。私がそうと気付かなかっただけで、すでにあの家は歪んでいたのか。

並ぶ扇の禍々しさに耐えきれず目を逸らすと、部屋の奥、まだ扇のかけられていない壁のそばに、閉じた扇が一本あるのを見つけた。うち捨てられて床に転がされ、カンテラの光に弱々しく照らされている。

どこか惹かれる気持ちと胸騒ぎに襲われながら、膝をついてカンテラを置き、扇を広げる。白地に柳橋の描かれた地紙に、見慣れた筆跡があった。他のと同じように、「商売繁盛」とは、書かれていなかった。

「『瀬を早み岩にせかるる滝川の』……」エリマキがいつの間にか後ろにいて、私の肩越しに扇を覗き込んでいた。

「歌か。上の句しかない」

「『瀬を早み岩にせかるる滝川のわれても末に逢はむとぞ思ふ』。……崇徳院やな」

「そんなものが、なんでここに」

「倭子の筆跡や。見間違いようがあらへん」

私の返答に、エリマキは何か思案するように黙った。

「倭子が行んでまう前、義兄はいよいよ危ないと思うたんか、うちを訪ねた。そんとき、扇に『商売繁盛』と書かせようとしたんやろう。せやけど、倭子はそう書かなんだ。代わりにこの歌を書いた」

「川の歌をか」

「これは単なる川の歌やない」

扇を持つ、自分の手が震えだしてきたのが分かった。

「滝川の水が一度分かれてもまたひとつに戻るように、今はあなたと別れてもまた会いましょう、いう、そういう歌や。倭子は……」

涙が睫毛を伝うのを悟られまいと目を強くつぶったまま、私は話し続けた。

「実家かどこかで、願ほどきのことを知っとって、義兄の考えをなんとのう推しはかれたんやろう。『商売繁盛』てわざわざ書かされるからには、願ほどきなぞする気はないんやろうと。せやから、義兄にいくら言われても、自分の願かけを書いた。そういう女や。ふだんはおとなしいくせに、いざとなったら曲がらん女や。夫の実家の願いより、自分の願いを書きおった」

「死んでも、お前に会いたかったのか」

エリマキの言葉には答えず、指で目尻を拭いた。今何か言おうとすれば、それは嗚咽となっただろう。

「何にせよ、これではお前の義兄の役には立たんからな。こうして放っておかれたわけか」

エリマキが得心したようにうなずいた。

「しかしこれで、だいたいのことが分かってきた。それまではお前の先祖たちが『商売繁盛』と同じ願いを書いて、店が栄えてきたのが、お前の嫁さんが違う願いを書いた。それで先祖代々、積み重なってきた呪法（じゅほう）が捻（ねじ）くれちまったんだな。『夫に会いたい』という願いがほどかれないまま残って、嫁さんはあの世のものともこの世のものともつかないまま、お前のもとに来た。願い通り、会いに来たんだ」

エリマキはそこまで言って、床に座り込んだ。

「今まで願ほどきをされなかった者たちが一緒に来たのは、その捻れのせいだな。覚えてるか、女中の手が焼かれたあと、襖（ふすま）を大勢の連中が叩いてきて、叫び声をあげてたのを。あれは、お前の先祖たちだ。俺が喰えないと思ったはずだよ。ひとりならいざしらず……何十人いたか。この扇の数だけの霊がいたんだからな」

倭子が扇に歌を書いたとき、このようなことになるとは予測できたはずがない。私は扇を閉じて、懐深くにしまった。

これはこの家の物ではない。私に宛てた歌の書かれた、私の物だ。

カンテラを再び持って腰を上げ、ふと壁を見ると、この中では新しいものであろう藤（ふじ）色の扇が目に入った。

筆で書かれた『商売繁盛』の、独特のはねや細い筆跡には確かに覚えがあった。流行性感冒で亡くなった母の字だ。東京の美術学校にいた私が病の知らせを受けて、帰ったときにはすでにこと切れていた。

「お母様(かあはん)にまで……」カンテラを持つ手に力が入った。「書かせたんか」

「字が震えてるな」

エリマキが扇に近づいて言った。

「病状が悪化してからだろう。助からんと思って、書かせたのかもしれん」

「書かせたときには、医者を外させたんか」

エリマキに言ったのではなかった。ただただ、痩(や)せ衰えた母がわずかな力を振り絞り、筆を執る様だけが見たかのように脳裏に浮かぶ。

「きっとせやろうな。他人に見せるわけにはいかへん。死にかけのお母様に……筆を持たせて……」

扇の影が揺れる。私のカンテラを持つ手が激しく震えはじめていた。

「医者がずっとついとったら、助かったかもしれん。そこまで行かいでも、せめて死に目に会えたかもしれん。それを……それを」

「落ち着け、壮一郎」エリマキが肩に手をかけた。「どのみち助からんかったかもしれん。間に合わんかったかもしれん。もう終わったことだ。それより……」

「それより、なんや？」

肩にかけられた手を、乱暴に振り払った。

「何が『商売繁盛』や。お母様だけやない。こんだけの扇の数の人間が、行んでまう前に同し願いを書かされて。他の願をかけとったおひともおったやろう。子や妻の長寿を願うたおひともおったやろう。それをみな、この家は『商売繁盛』で上塗りしてきたんやな。みな家のためか。店のためか。あほらしい。そないな呪いで栄える店なんてもん、潰れてしもたらええんや」

――かたん。

私が叫び終えるのと同時に、板に何か物がぶつかる音がした。

エリマキが油断なく首を巡らす。赤黒い布が、素早く鎌首をもたげる。

かたん。がたん。がた、がた、がん、がん。

誰かがどうやってか蔵の中に入ってきたのかと身構えたが、そうではない。音は隠し部屋の中で反響し、頭に刺さるような痛みをもたらす。

ぶつかる音に加えて、何か聞き覚えのあるものが聞こえてきた。笹の葉の擦れる音。大勢の足音。ひとの声。

男の声。それもひとりではない、大群衆の怒鳴り声が、はじめはかすかに、やがて耳を聾さんばかりに響いてきた。同時に、板を何かで叩く音がさらに大きくなっていく。

——えべっさん……聞こえまっかァ……

——分かってまっかァ……福、たのんまっせェ——

——福、忘れんようにしとくなはれやァ——

その叫び声、騒音に、幼いころの記憶が呼び覚まされた。

十二のとき、一度だけ、父にせがんで今宮の十日戎に連れて行ってもらったことがある。雪のちらつく新春に、商売繁盛を願いに行く祭りだ。父が毎年詣でていたのは知っていたから、自分も実際に目にしてみたかったのだ。

「あら人死にが出るくらい、ぎょうさんひとが参りに来はるからな。踏み潰されても知らんで」

そう父が渋っていたのを、駄々をこねて無理やりに付いてきたものだった。

父の言う通り、今宮戎神社(いまみやえびす)は大阪じゅうの商人が詰めかけてきたのかと思うほどの人出で、父の手を離さないようにするので精一杯だった。

参拝人たちはめいめいに笹を持ち、神社の本殿の裏にある羽目板を下駄(げた)で叩きながら、自分の名前を名乗り福を祈る。祈るといっても心の中で願ったりつぶやいたりするのではなく、大声で叫ぶのだ。

「えべっさんはよう耳が聞こえへんからな。いっしょけんめ叫ばな聞こえはらへんぞ」

と父は私に笑いかけていたが、それが羽目板の前に来ると、他の参拝人を押しのけ押しのけ、下駄で羽目板を打ち破らんばかりに叩き、

――古瀬嘉右衛門でっせェ。詣(まい)ってまっせ、分かってまっか。平野町、喜志井屋の古瀬嘉右衛門でっせ。福、頼んまっせ。分かってまっか。福、頼んまっせェ――

今にも人混みに押し潰されそうな私の手を握るのも忘れ、下駄を手にひたすらそう叫んでいた父の顔は、いつも私に見せるものとはまるで違っていた。

小さい私の身体が群衆に押され、流されていく。どんどん離れていく父の横顔を見ながら、幼い私は、

――ああ、鬼やな――

と、ふと思った。

そのときの声が、音が、この蔵の狭い隠し部屋に響いている。次いで私の聞いたことのない、聞いたはずのない声が耳朶を激しく打った。

——平野町の古瀬文左衛門でっせ。福、頼んまっせ。聞こえてまっか、えべっさん。福、頼んまっせェ——

——詣ってまっせ。福、忘れんように頼んまっせ。分かってまっか——

——喜志井屋でっせ。聞こえてまっかァ——

——頼んまっせェ——

——商売繁盛——

——古瀬——

——忘れんよう——

——福——

「やかましい！」

耳を塞ぎ、私は叫んだ。先祖の声。親族の願ほどきを反故にし、成仏を犠牲にしてでも、商売繁盛を願う私の家の者たちの声。この願いの裏に、いったいどれほどの呪いがこびりついているのか。

　これを叫んでいる先祖たち自身でさえ、死の間際には扇に「商売繁盛」と書かされたはずだ。そしてあの世にも行けずこの世にも受け入れられず、いつまでもいつまでもさまよってきた。福を願うはずの大音声が、今や怨嗟となって私たちの耳を聾さんばかりに響き、脳を揺らす。

「やかましい、やかましい、やかましい！」

　繰り返しながらその場にうずくまり、こみ上げてくる吐き気をこらえる。下駄が板に打ちつけられる音、先祖たちの声が、耳を塞いでも聞こえてくる。脳に直接叩き込まれ、臓腑を掻き回す。酸いものが食道の奥から迫り上がってくる。身体の芯から染み出す悪寒が止まらない。

　視界の隅で、エリマキも四つん這いになっていた。赤黒い、鱗状の布が地上に放られた魚のように跳ね、激しくのたうちまわっている。

「これは」エリマキのかすれた声は、ほとんど聞こえなかった。「きついぞ」

　いったん逃げなあかん、と呼びかけながらも、立ち上がる力すらなくしかけたとき、エリマキが四つん這いの姿勢のまま、何かをつぶやいているのがかすかに聞こえた。部屋に渦巻く先祖の声、音を裂き、低い声が耳に届く。

「カタシハヤ……セセクリニ醸メル酒……手酔ヒ……我酔ヒニケリ……」

途切れ途切れの呪文を聞いているうち、ふいに声と音がすぅと遠ざかっていった。吐き気が治まりかける代わりに、全身から冷や汗が遅れて噴き出す。

「どうにか効いたか」エリマキが大きな息をついた。「効かなかったらもう打つ手がないところだった」

「エリマキ、立てるか」

「なんとか」

よろよろと立ち上がりかけたエリマキが、物音に気付いた兎のごとく素早く顔を上げた。

「誰か来る」

耳を澄ませてみると、確かに誰かが階段を上がってくる音がした。重い足音。姉ではない。階段簞笥の戸棚にもとあった物はすべてエリマキが外に運び出していたから、誰かがここに潜んでいることは一目で分かるだろう。

「おまはんはここにおれ。私やったらなんとか言い訳つくかもしれん」

エリマキが答える前に、私は狭い引き戸をくぐり、階段簞笥の中から這い出した。

私が立ち上がるのと、義兄が階段を登り終えてくるのは、ちょうど同時だった。

義兄の姿は、私が震災から逃げ帰って会った日とは別人のようだった。恰幅（かっぷく）のよかった体格はしぼみ、そのくせ顔ばかり青ぶくれしている。落ち窪（くぼ）んだ目はカンテラの光を受けて、やけにぎらついていた。

その手に一振りの鉈（なた）が握られているのに気が付いて、私は身体をこわばらせた。

なぜ入れないはずの蔵に、と思う間もなく、義兄が二つの鍵を床に放り投げた。過去に誰かが鍵を蔵の中に置き忘れて「落とし」のために入れなくなり、予備を作らせたのか。

その可能性を考えていなかったことに、内心歯嚙みする。

「ヒサから聞き出したとこ、若い泥棒がおるもんやと思うとったら……」義兄の下瞼（したまぶた）がひくひくと動いた。「まさかおまはんがおるとはな」

「その男はどうでもええ」

低い声で私は言った。

「隠し部屋の扇を見た。なんでこないなことをしたかも、見当はついとる。おまはん、あの声を聞いたか。羽目板を叩く音を聞いたか」

「義兄に向かって、おまはんとはなんや」

「聞いたか、言うとるんや」

隠し部屋をさし、さらに問いつめる。

「私は今、そこで父親の声を聞いた。先祖の声を聞いた。十日戎の願かけを。『福、頼んまっせ。分かってまっか。福、頼んまっせ。頼んまっせ』……て。この世に縛りつけられてなお、商売繁盛に願いをかけてはる、あの呪いの声を聞いたか」

義兄は下瞼を痙攣させながらしばらく黙っていたが、ふいに黄色い歯を見せてせせら笑った。

「それがどないした」

その笑いに、返答に、呆然と立ち尽くす。義兄は呪いが絡みついた先祖の声を聞きながら、何とも思わないのか。

「おまはんは……おかしなっとるんか」

鉈のことを半分忘れ、私は一歩踏み出した。

「いや、おかしなっとるんはこの家やな。昔からずっとや。祖父や祖母、父や母の葬儀のときも、私の妻が行んだときも、この家は願ほどきをせなんだ。そのせいで何が起きとるんか、おまはんは知っとるんやな。知っとって、この先も続けていくつもりやったんか」

「何が起きとるか、やて？」

カンテラの光を下から受け、義兄の顔から歪んだ笑みがすっと消えた。

「憎たらしい、分かるもんには分かるようやな。平野町におった時分、女中や丁稚が何人か怯えて、暇乞いもそこそこに逃げ出して行きおったわ。雇人風情が、喜志井屋の暖簾に泥を塗りおって……。おかげで悪い噂が立って、こないなとこへ来てもうた」

その女中や丁稚は、幼い私と同じに、さまよう先祖の亡霊を見たのだろうか。願ほどきをされなかったばかりに、半端な存在となってしまったものを。

「……ほんまは、心斎橋には来とうなかった」

義兄がふと、目にわずかな正気の光を映し、うつむいた。

「先代が嫌っとったからな。わしかて、江戸のころから長う続いた平野の店を捨てとうなかった。せやけど船場は狭いとこや。悪い噂はじきに、路地の隅の隅まで広がる。もう船場には、いられなんだ。そいでも、喜志井屋の暖簾だけは守らなあかん。それが、丁稚奉公からのし上がったわしの、ただひとつの望み……身命をなげうってでも、やらなあかんこと……」

その言葉は独り言のように小さくなりながら、とうとうと続いた。

「たとい船場を離れても、願ほどきをせん限り、商売は繁盛する。心斎橋やったら客は来るやろう。そう思て、ヒサと番頭を説得して、ここまで来た。最初は、客入りも悪うなかったいうのに」

途端に、義兄がぎょろりと、血走った目をむいてこちらを睨んだ。

「おまはんの嫁のせいや。ああ、何もかも、おまはんの嫁のせいや」

鉈を握り直す手つきには、確かな殺気が込められていた。すくみそうになる足に力を入れる。

「おまはんの嫁が行んでもうてから、店が急に傾きよった。なんでや知らん、どんなけ働いても、物が売れへん、客が来ぇへん。お、おまはんの嫁が、あないな歌を扇に書いて行んでから、みんなワヤになってもうた。百年以上も積み上げてきたもんを、ご先祖の願かけを、みなおまはんの嫁が潰してもうたんや、え、分かるか、壮一郎。この意味が分かるか、壮一郎」

カンテラの光にきらめく一閃が目の前をよぎった。とっさに腕を構える。熱さにも似た痛みが、左腕に走った。

ほとんど無意識のうちに義兄と距離を取ろうとしたが、階段簞笥がすぐ後ろにあって横にしか逃れることができない。もつれそうになる足を動かして数歩離れると、自分のいた場所から、血の垂れた跡がぽつぽつと足許まで続いているのが見えた。

「百年以上も積み上げたやら、ご先祖の願かけやら、ようたらたら言えたもんやな」

自分の頬が、痙攣しているのを感じた。怒りのせいか、鉈を持った相手に刃向かう恐れからかは分からなかったが。

「おまはんは有り難いもんのように言うとるが、願ほどきをせんかったのは呪いや。商売繁盛のためだけの、ご先祖の魂をないがしろにした呪い……。そないなもんにすがりついて、船場を離れてもまだ捨て切れんかった。そないな考えでは、報いが参じるのも道理というもんや」

義兄は私の言葉に答えはしなかった。額に青筋を浮かべ、眉間に深い皺を刻み、こちらを睨みつけているだけだ。

そしてふと、顔から怒りが消え失せ、唇を震わせながら微笑みを浮かべるのを見た瞬間、私は確信した。

――義兄は呪いに呑み込まれてしもうた。もう戻れんようになっとる。商売繁盛の呪いにすがりついてしもうたがために。それが崩れてしもうたがために。

「ああ、ここらへんにあったなぁ、確か」

義兄は血のついた鉈を握ったまま、積み上げられたがらくたの中から長細い箱を取り出した。蓋を開け、中のものを広げて私の足許に放り投げる。

白地に雉の絵が描かれた、扇だった。

「壮一郎。それに書け。『商売繁盛』、て書け。その血で書け。そんで行んでまえ」

義兄の顔色は今や青紫に近くなり、正気を失った黒目が揺れている。鉈がゆっくりと振り上げられる。

「嫁の起こした面倒は夫が償うもんや、せやろ、せやろ壮一郎。な。書け。そいでおまはんが行んだらな、この扇は蔵に大事にしもうたるさかい。な、書け壮一郎。家のために、喜志井屋の暖簾のために、書け」

左腕から絶えず血が流れているのが分かるが、傷の深さを確認する余裕などない。義兄が一歩、また一歩と近づいてくる。カンテラに照らされて、大きな影が蔵の天井に揺れる。

「それか、右手の腱でも切るか」

総毛立って、思わず右手を庇う。動かした左腕に、鋭い痛みが走った。

「なんや、生意気な。そないに利き手が大事か。こっちが必死こいて客に頭下げて機嫌取って算盤弾いとる間に、鼻歌交じりに絵ぇ描いて道楽商売か。え？　ちょちょっと描いたら何円や？　気楽なもんやな」

口を開きかけたのと同時に、義兄が近づき、縦に斜めに鉈を振り下ろした。退いてもすぐに踏みこまれ、左腕に浅い傷、深い傷がついていく。袖が血を吸う。前にかざしたままの、腕の痛みが増していく。

蔵の中を逃げ回り追い回され、避けたかと思うと傷を受ける。私がもとの階段簞笥の近くに来たとき、義兄が吐き捨てた。

「あないなつまらん絵ぇ描いとるから、つまらん嫁なんぞ押し付けられるんや」

思わず腕を下ろした瞬間、義兄が鉈で斬りつけてきた。額から頬、胸にかけて焼けるような感覚が走り、血がとめどなく流れ出る。

だが、そんな傷など、どうでもよかった。

「義兄さん」

血が目に流れ込み、頬を伝う。荒い呼吸の中で、声を絞り出す。

「義兄さんにはなんやかやと、お世話になりました。倭子を娶らせてくれはって、東京から逃げてきた私ら夫婦に家を用意してくれはった。受けたご恩の深いこと、承知の上でごあります。せやけど」

獣の唸りのような声が、自分の喉から出た。

「せやけど、その恩には報いられへん。先祖、私の父母、倭子の霊への無礼、冒瀆。養子に入った家の掟で受け継いだもんやとしても、私は許さへん。その上、私の生計を嗤うばかりか、倭子までつまらん女やと、おまはんは言うたな。生計のことはまだ我慢でけるけんど、倭子をなじるのはおまはん、取り返しがつかへんぞ」

足許に転がっていた、扇を踏み潰した。べきりと、扇の骨が折れる音が聞こえる。

「私は古瀬の家とは縁を切る。おまはんはもう、義兄でもなんでもあらへん」

義兄が唇を震わせながら、嘲笑った。

「縁切りいうんは、上から下のもんにするもんや」

「やかましい！」

義兄を一喝し、睨みつけたまま、私は隠し部屋に向かって怒鳴った。

「エリマキ！」

すぐに戸棚の中から這い出す衣擦れの音がしたかと思うと、エリマキが私の横にゆらりと立った。

義兄が目を見開き、鉈を取り落とした。青ぶくれした顔がひきつり歪み、怯えた子どものようにわななく。

エリマキの顔が義兄の目には誰に見えていたのか、私には分かっていた。

「旦那さん」

義兄はがくりと膝を折り、床に頭をこすりつけて叫びはじめた。

「旦那さん、ゆ、許しとくなはれ。店が傾いたんは、そこの壮ぼんの娶った女のせいですよって。わしが引き合うせた夫婦でっけど、おとなしい女やと聞いとったから、死に際も言うこと聞くもんやと思うとったら……あ、あないな歌書きおって……わ、わしのせいやごあへん。後生や、信じとくなはれ。頼んます。旦那さん、どうぞ許しとくなはれ、許しとくなはれ、許しとくなはれ……」

額の血を拭って、私は土下座したままの義兄からエリマキに視線を移した。

「行くで、エリマキ」

一階へ降りようとする私たちの背後からは、ほとんどつぶやくような涙声の言い訳と恨み言が延々と聞こえてきた。

階段を降りながら、エリマキが階上を仰いだ。

「追ってきたり、蔵の外に家のやつらを待ち構えさせてたりはせんだろうな」

「あの様子やと追ってはけぇへん。それに、義兄はとうにものの前後が分からんようになっとった。私を殺したとこで、死体をどないして隠すかなんて考えとったとも思われへんし、逃げられたときどないするかいうのも頭になかったやろう。蔵出て、いきなり男衆に押さえつけられるとはならんはずや」

私の読み通り、蔵の外には誰もいなかった。エリマキは蔵の鍵を庭に放ると、私に続いて裏木戸を出た。

わずかに欠けた月が、瓦屋根の上に顔を出している。三月の星明かりを見るともなく見ながら裏通りを歩いていると、左腕と顔、胸の傷が今さらのように痛み出した。

「えらく血が出てるぞ」

エリマキが少し前に出て、私の上半身に顔を向けた。

「密子のところに行くか」

「うん、なんや頭もぼんやりしてきた」

四天王寺の巫女の家までは、とても歩ける距離ではない。仕方なく大通りに出て、タクシーを捕まえた。

「困りまっせ、なんや知らんけどその血ぃ……」

顔の血は拭ったつもりだったが、着物の血にはさすがに気付いて、運転手は嫌な顔をした。

「うるさい。倍額払うから早く出してくれ」

布で注意深く顔を覆ったエリマキが、厳しい声で命令した。

タクシーに揺られている間、どうせ運転手には会話の内容など分からないと思ったのだろう、エリマキが問いかけてきた。

「お前の義兄が言ってた『旦那さん』というのは」

「先代……私の父親や。あんなけ商いに取り憑かれとる義兄や、おまはんの顔に見るのは妻でも子の顔でものうて、先代の顔やと私は踏んだ。養子にされてから、義兄は先代にえらい厳しう仕込まれたからな。先代が行んでもうても、怖さは芯に残っとるんやろう」

それだけ聞くと、エリマキは車窓の外を見たまま、じっと黙っていた。

二

巫女町の近くで車を停めさせると、エリマキは言ったとおり運転手に倍の額を払った。こんな珍妙なふたり連れからほんとうに倍額貰えるとは思っていなかったのか、「は、えろうおおきに」と運転手は何度も頭を下げ、車を走らせていった。

「そないな金、どこで」

「お前の姉さんに恋人の顔で会ったとき、ついでに小遣いをちょっと」

額の傷がうずき出した。「もうええ」

巫女は私の姿を見るなり息を呑み、怒ったように「うちは病院とちゃいまっせ」と言ったが、安堵と心配が目許に漂っていた。

近くの医者を叩き起こし、傷の手当てをしてもらった。出血のわりに縫うほどの傷はないが油断してはいけない、清潔にして特に左腕はなるべく動かさないように、と言って、あくびを嚙み殺しながら医者は帰っていった。傷が傷だけに事情を勘ぐられるかと身構えていたが、巫女の伝手のおかげか厄介ごとを避けたいせいか、何も訊かれることはなかった。いろいろと言い訳を考えていただけに、やや拍子抜けする。

「右手だけは守り通したな。画家の意地か」

エリマキが感心半分、呆れ半分に言った。

「せやな。いつか倭子の顔も描けるようになったときのためや」

私が右腕を撫でながら答えると、エリマキはいつかね、と鼻を鳴らした。

巫女に心斎橋での顚末を話し、懐にしまっていた扇を見せた。幸いにも、義兄の鉈はうまく逸れていたらしく、傷ひとつついていない。

煙管の煙を吐き出しながら、巫女はしばらく黙って生え際を搔いていた。その視線が扇からじっと離れないのを見てとって、私はあぐらをかいているエリマキに呼びかけた。

「エリマキ。悪いんやけども、少し外してくれへんか」

「俺が?」不満そうな声だった。「なんだ。聞かれちゃまずい話なのか」

「まずいちゅうより、女のかたに尋ねてみたいことがあるいうだけなんや」

「それだったら別に俺も……」

「エリマキ」

巫女が静かな口調で割って入った。

「わてからも頼むわ。ちょっとそこらへん、うろついてき」

　エリマキはふてくされたようにそっぽを向いていたが、やがて面倒くさそうに立ち上がった。

「二十分ばかしで戻ってくる」

　襖が開けられ、閉じる音を背に、私は扇から目を離さないままの巫女を見つめて切り出した。

「その歌、ご存じでっしゃろ」

「せやな。落語にもありますよって、わてかて聞きかじったことくらいおます」

　灰を粗末な灰吹きに落とすと、慣れた手つきでこよりを作り、煙管の掃除をしはじめた。

「瀬を早み……だっか」

　巫女がつぶやいた。

「そら、よほどの覚悟やったやろう思いますわ。恩のある義兄の頼みを無下にすることになりますよってな」

「私が分からへんのは、その後のこってす」

　扇に書かれた倭子の、小さくも流れるような筆跡を見ながら、私は話を続けた。

「なんで倭子は、私に扇のことを言わんかったんでっしゃろ。話すくらいの力は、まだあの時分にはありました。倭子が私に隠し事をした、いうんが、どうも私には腑に落ちへんのです。そないに義兄の頼みを断ったことを、気に病んでしもたんでっしゃろか」

巫女はこよりについた黒いヤニを引きずり出すと、煙管を置いて、真っ直ぐ私の目を見た。

「女に相談しょう、いうのは、あんたはん、ええお考えでおましたな」

わずかに口角を上げると、巫女は扇から思念でも読み取るかのように、軽く手を触れた。

「あんたはんの奥さんは、願ほどきのことは知ってはった。ご自分の死がそう遠くはないことも、なんとのう分かってはった。せやから義理の兄の頼みを突っぱねてでも、ご自分の願いを書きはったんでしょうな。けんど、まさかそのせいで、自分が生きたとも死んだともつかんもんになって、あんたはんのとこぃ来はるとまでは思わはらへんかったやろう」

巫女が膝でわずかににじり寄った。

「よろしおますか、奥さんは自分のほうが来る、とは思いも寄らなんだ、いうことだっせ」

「つまり……」

巫女の言わんとすることが腹から迫り上がるように分かってきたが、喉の辺りで無理に止めた。止めざるを得ない。理解することを頭が拒んでいた。

「つまり、この歌の通り、『一度離れても再び会うことを願う』ちゅうことは」

巫女が扇を指でとん、と叩いた。

「あんたはんが行んでまうことを願わはった、いうことだす。奥さんがこちらへ来はるんやない、あんたはんが奥さんのとこぃ行かはることを、お考えやったんでしょう」

電球の光に照らされた、柳橋の扇の表を、私はただ見つめていた。

「倭子は……」ようやく口を開く。「そないな女やないと……」

「もちろん、すぐにとは考えはらへんかったでしょう」

巫女は穏やかに、私の言葉を遮った。

「二十年後か、三十年後か。いつかあんたはんの寿命が尽きたときに、会えればそれでええ。そう思わはったんでっしゃろ」

「……そない長(なご)う、待つつもりやったんか」

ぽつりとつぶやいたつもりが、かすれて声にもならなかった。

「せやけど、あんたはんに歌のことを言うたら、どない思われるか分からへん。あんたはん、さっき、自分が後追いみたいにすぐ行んでまうことを望まれてると思わはったんでっしゃろ。そないな勘違いをされるんが怖かったんとちゃいますやろか。せやから、よう言えなんだ」

　わてが奥さんなら、やっぱりよう言えしまへんやろな。

　巫女はそう付け足して、再び煙草を吸いはじめた。巫女の吐いた煙から、濃い、重い匂いがする。

　ささくれた畳の上から扇を取り、懐にしまう。気のせいだと分かってはいたが、扇を通じて、倭子が私の鼓動を、体温を、感じているように思えてならなかった。

　倭子は、死の後まで、私に会うことを願っていた。

　そしてそれは、倭子自身も望まない形で叶(かな)ってしまった。

「わてが心配してますのはな、古瀬さん。その奥さんの願かけが、あんたはんのご先祖の紡いできた呪法を捻(ね)じ曲げてしもうた、いうことですわ」

　巫女が警戒を込めた声で言った。

「呪法が捻れたからには、今はもう、奥さんは生きてはったころの奥さんやない。何(なん)もかもがずれて、崩れて、歪(いが)んでしもうた。そないなると」

少し言いにくそうに灰を落として間を作ったが、巫女が続けるであろう言葉は分かっていた。

「奥さんは、あんたはんを殺しに来はるかもしれん。あんたはんと、共にいるために」

知らず知らずのうちに、膝の上で握りしめた掌に爪が食い込んでいた。

頭では分かっていても、どう受け止めればいいのか分からない。倭子が私を殺しに来る。否定したくとも、否定できない。倭子は、襖から顔を覗かせた倭子は、幼いころから慕っていた女中すら焼き、殺してしまったのだから。

「さぁて」

私の顔色が相当に悪かったのか、巫女は努めて明るく私に笑いかけた。

「物騒な話はここまでや。古瀬さん、すんまへんけど、ちょっとエリマキ迎えにいっとくなはれ。戻ってくるとは言っとったけど、出て行くとき、えらい拗ねた顔しとったさかい」

そんな顔をしていたのか。エリマキの表情が私には読み取れないことを、今さらながらに思い出した。

言われて巫女の家を出てはみたが、エリマキの姿は狭い通りのどこにも見当たらない。

どこか関東煮（かんとだき）の屋台にでも寄っているのだろうか、しかし人間の食べ物などに興味はなさそうだし、と考えているうち、頭上からこつりという音が聞こえた。

狸か何かだろうかと思い見上げると、エリマキが屋根の上に座り、瓦に下駄の踵（かかと）をこつこつとぶつけていた。月がちょうどエリマキの真後ろに昇っていて、陰をまとった顔が黒い紗（しゃ）でもかけたかのように薄ぼんやりとしている。

「何しとるんや。早う降り」

近所の者を起こさないよう、声をできるだけひそめて呼びかけると、エリマキはさもおかしそうにまた下駄で屋根を叩いた。

「お前も来たらいいじゃないか」

「小さい時分はよう登っとったけど、この年になって登れるかいな」

エリマキは鼻を鳴らすと、猫かと思うほどにするすると降りてきて、家の軒先で尻の埃を払った。

「どうだ。密談は楽しかったか」

「妙な言い方せんといてくれ。ちょっと訊きたいことがあっただけや。女にしか分からん心持ちの話や思うて、おまはんに外してもろたことは悪かったけども」

私が答えると、エリマキは拗ねたときの癖なのか、そっぽを向いた。

「俺だって、女のふりをしたことならいくらでもあるさ」

「せやけど、ほんまもんの女とは違うやろう」

エリマキは軒下の陰、暗闇の中で赤黒い布を口許まで引き上げた。

「そうだな。女でないし、男でもない。大人でも子どもでもない。人間が勝手にそう見てくるだけだ。それで勝手に寄ってきたり、気味悪がったり、恐れたりする」

今日の騒動で疲れているのか、エリマキはふぅ、とため息を吐き出した。

「俺は改めて、自分が分からなくなった。お前の姉は俺を恋人だと思ってすがりついてくる。その一時間後には、お前の義兄は俺を先代だと思って縮み上がって土下座してきた。俺はそこにいただけなのにな」

下駄で路地の土を蹴る。その足は私には男のもののように見えるが、実際は何なのか。どういう姿なのか、私には知る術がない。

「密子は……俺があいつの息子ではないと頭では分かっちゃいるが、子どもに接するようなそぶりを見せるだろう。実際、すぐに勘づくまでは、ほんとうに息子がよみがえってきたって顔してたしな」

「その顔は」エリマキの横に並ぶ。「喜んではったか。恐れてはったか」

「両方だった」

私は黙ったまま、土を下駄の爪先(つまさき)で抉(えぐ)り続けるエリマキを見ていた。道に埋もれた小石にぶつかったところで、エリマキはふいに抉るのをやめ、月明かりの差す道へと一歩進み出た。私と向かい合い、布を首まで引き下げる。

「壮一郎。お前の目に、俺は何に見える」

何かを見てほしかったのか。それとも、誰の顔も見てほしくなかったのか。私には分からなかった。ただ、エリマキの顔には出会ったときとまったく同じ、ぼんやりした目鼻の影があるだけにすぎない。

「……のっぺらぼうや」

それを聞くと、エリマキは小さく自嘲(じちょう)の笑い声を立てた。

「化け物か」

「いや、化けもんやない」

エリマキはぴくりと指を動かしたきり、微動だにしなかった。このときほど、エリマキの表情が見えればと思ったことはなかっただろう。

「ほんまもんの化けもんいうのは、女中に同情したりせぇへん」

「同情じゃない。自分が死んだのにも気付かない間抜けぶりに、腹が立っただけだ」

「腹が立っただけやったら、わざわざ苦しませへんように首の骨、折ることなんてあらへんやろう」

エリマキは答えなかった。ただひとつ、大きな息を吐くと、また布で口許を隠し、振り返りもせずに巫女の家へと大股で戻っていった。

三

翌朝、私とエリマキが平野町の家に戻るとき、ひとりの御為着姿の少年が、落ち着きなく玄関先でうろうろしているのが見えた。エリマキが用心深げに、私の後ろに隠れる。

「ありゃ丁稚か」

エリマキの問いかけに、私はうなずいた。

「どこの店員かはまぁ、分かっとるけどな」

丁稚に声をかけると、まだ店に入って一年かそこらというところなのだろう、どこかおどおどしながら私に手紙を差し出した。

「喜志井屋の旦那さんからでございます」

「ほうか、えろうおおきに」

やはり丁稚は、私の顔は知らないようだった。何でもないような顔をして手紙を受け取り、懐にしまうと、丁稚の荒れた手に駄賃の青銅貨を握らせた。

丁稚が頭を下げて道を駆けて行くのを見送ってから、私は小さくため息をついた。

「悪い知らせやけども、丁稚に罪はあらへんさかいな」

「悪い知らせ？」

「読んだら分かるわ」

アトリエで隣り合って座り、手紙を開く。差出人は丁稚の言ったように義兄で、予想していた通りの文面だった。

「つまり……」横から手紙を覗き込んでいたエリマキが、厄介そうに言った。

「縁を切るなんてそっちから言い出したからには、こちらも家を貸す義理なんてない。荷物をまとめて出ていけと」

　手紙を床に投げる。

「そういうこっちゃ」

「おい壮一郎、お前いらん見得を切ったな」

　エリマキが頭をがしがしと掻いた。

「この家には、まだお前の嫁さんと、先祖の霊がいるんだぞ。何もせずに立ち退くわけにはいかんだろうが」

「せやから」と、私は手紙の一部をとん、と指で示してみせた。

「明日の立ち退きまでに、けりつけなならん、いうこっちゃ」

　つまり今日中にか、と天井を仰ぐエリマキをよそに、私は立ち上がった。

「おい、何をする気だ」

「願ほどきのやり方は、お竹はんの葬儀のとき巫女が教（おせ）てくれはった。扇の要を外して、掲げればええんやろう」

　懐にしまっていた、倭子の扇を取り出して見せる。

「思いつくとこから始めな、どないしょもあらへん。まずは試しに、巫女がやってはったように玄関に掲げてみよやないか」

私が扇の要を外し、玄関に掲げて戻ってくると、エリマキの姿はアトリエから消えていた。

「おい、どこや」

「十二畳間だ」と、奥のほうから声がした。「ちょっと来てみろ」

寝室で、エリマキは倭子の三面鏡台の前に片膝を立てて座っていた。私が来た足音に振り返り、手招きをする。

「白粉(おしろい)の匂いがしないいか」

言われてみれば、かすかに白粉の匂いがする。巫女が倭子の霊を降ろそうとしてできなかった、その日に嗅(か)いだ匂い。

そして、やはりあのときと同じく、鏡台には白鼈甲(しろべっこう)の簪(かんざし)が置かれていた。婚礼の日につけていた、倭子の宝物が。

「おまはんと会う前、倭子がこの寝間ぃ来たことがある、て言うたな」

私は寒気を感じる肌を、着物の上からさすりながら言った。

「そのひと月ほど前と同じことが起こっとる。白粉の匂いと、この簪。私はこれが、どこいしまわれとったんかも知らんかった。せやから、最初に見つけたあとは、樟脳(しょうのう)と一緒に小箱にしもうてたのが……」

「また出てきたのか」エリマキの声には、明らかな警戒がこもっていた。

「ひと月前か……。他に何か、変わったことはないか」

問われて、鏡台の引き出しや扉を次々と開けてみる。几帳面(きちょうめん)な倭子のこと、化粧道具や簪がきっちりと並べられている中に、ひとつ、不自然な隙間があった。

「簪が一本あらへん。気に入っとったセルロイドの、鈴蘭(すずらん)を模した……私が似合(にお)うとるて、褒めたのが」

「前に白粉の匂いがしたときも、同じことが起こったか」

私は首を横に振った。

「いや……前にあらためたときは、鈴蘭の簪はあった。こないにきちきちと置かれとるさかい、なくなっとったら気付いとるはずや」

エリマキの表情がうかがえないことは分かっていたが、その横顔を見ずにはいられなかった。エリマキは首に巻いた布を口許まで引き上げたまま、ぽつりとつぶやいた。

「来るな。近々」

そう言うなり勢いよく立ち上がると、部屋じゅうをゆっくりと歩き出した。赤黒い布が、虫の触角のように動き、空間に潜む何かを探っている。

「お前のさっきやった願ほどきで、嫁さんや先祖らが成仏すればと思っていたが、やはりそううまい話はないらしい」

「普通の願ほどきでは、手遅れちゅうわけか」

「そうなるな。おい壮一郎、さっき玄関に掲げた扇を取ってこい。嫁さんの来る予兆がある以上、あそこに掲げていても無意味だ」

言われて、掲げたばかりの扇を持ち帰ってくる。要を外した扇は懐の中でばらばらとまとまらず、収まりが悪かった。

「そいで、どないする」

「そうだな。もし今、できることがあるとしたら」エリマキは首をぐるりと巡らせた。

「あちらが来る前に、相手の棲家(すみか)を暴く。そこで願ほどきをすれば、望みはなくもない」

「棲家……」

エリマキはすぐには答えず、その場に伏すと床に耳を当てた。布が用心深く、畳の上を滑る。

「俺が最初にあいつらに会ったとき、ひとしきり喚(わめ)いたあとどこかに逃げた。逃げた先はこの家の中に決まってるんだ。ここでお前の先祖たちも、嫁さんも死んだんだからな。縁のあるところに潜んでいると考えるのが道理だ」

床下は違うな、と言って、エリマキは立ち上がった。

「俺はこの家を隅々まで捜してみる。お前だって、ただ待ってるよりこっちから打って出るほうが気が楽だろう」

「じゃあ、私はどないしたらええ」

ふぅん、と首をかしげて、エリマキは短く答えた。

「俺から離れるな、としか言いようがない」

十二畳間を出ていくと、エリマキはそれこそ片っ端から家の中を探っていった。客間、内玄関、アトリエ、中庭。吹き抜けの炊事場では、長く伸ばした布を梁に這わせてまで気配を捜していたが、どの場所でもエリマキは首を横に振った。

一階をすっかり探り終えると、エリマキはあからさまに苛立って舌打ちをした。

「あんな数の多い霊だぞ。少しは気配があるはずなんだ」

私は家の隅々まで思い浮かべて、思わずあっと声を立てた。

「奥の蔵は。もうしまうほどの物もないよって使うてへんけど、まだ壊されてへん。義兄さんが心斎橋の家で扇を蔵に隠しとったんなら、ここでもそうやったんと違うか」

「それを早く言え」

エリマキは毒づきながらもにわかに意欲を取り戻して、私の先に立ち敷地の奥へと駆け出した。鍵のことすら忘れているらしい。物置に向かい、心斎橋で見たのと似たような二種類の鍵をどうにか探し当てて追いかけた。

扇をしまっていたところである以上、現われるならここだろうと身構えていたが、結果からいうとその推測は外れていた。私とエリマキの思っていた通り、蔵にも心斎橋のものと似たような隠し部屋があった。ただ、扇が持ち出され、がらんとした隠し部屋には、いくらエリマキが感覚を研ぎ澄まして調べてみても、これといった気配は何もなかった。

着物のあちこちについた埃を払い落としながら蔵を出るエリマキの背中には、そうと言わずとも焦燥が感じられた。

「扇がしまわれていたところにすらいない」ぶつぶつと、私に向けて言うでもなくつぶやく。

「あいつらのことがまったく読めない。どういうことなんだ」

私は前栽から見上げられる、二階の窓を指さした。

「二階がまだある。今は女中部屋がある他は、物干し台に出るときにしか使わへんようなとこやけど」

望みは薄いな、とエリマキは気乗りしない調子で言った。

急な階段を先に立って登り終えたエリマキは、真っ先に窓際の女中部屋を探りはじめた。かつて六人もの女中が寝起きしていた部屋に、ぽつりと女中の骨壺（こつつぼ）が置いてあるのがまだ生々しく、焦げついた臭いが鼻によみがえるような錯覚に陥った。

しかしエリマキは苦々しげに、

「もともと当てにはしていなかったんだ。女中の霊は俺が喰ったんだからな」

とつぶやくばかりだった。

その他の部屋も順々に、屋根の上にある狭い物干し台すら当たってみたが、エリマキは焦燥より落胆が強くなる一方のそぶりだった。

「もしかして、心斎橋のほうやったんやろうか。扇のあるのはあの家の蔵やし」

私もエリマキに引きずられて、だんだんと不安になっていた。

「かもしれん。だがだとしても、もう一度は忍び込めんだろうし、何よりさっきのあの白粉の匂い――」

エリマキはそこまで言うと、狭い廊下の突き当たり、目立たない襖に気付いたらしく、ふいに言葉を止めた。

「この奥には何がある」

「ただの空き部屋や」

エリマキの声に緊張が走っているのが、電流のごとく伝わってきた。答える声が思わず小さくなる。

この奥なんか、と訊く前に、エリマキが襖を開けた。とっさに身構えたが、これといって変わったことはない。暗い部屋には何も置いておらず、ただ今や用のない階段が壁沿いにあるばかりだ。

「あの階段は」

「今は使えん。もとあった三階を潰してしもうたさかい。登ったとこで、開けへん板戸に突き当たるだけや」

エリマキはずかずかと部屋に入り、電球のスイッチをひねった。電球の線が切れかけているのか、光がときおり明滅しながら、六畳間と埃の積もった階段の手すりを照らし出している。

「三階が潰された……」

　手すりに細い指をかけ、階段の先を見上げながらエリマキがつぶやいた。

「潰されて、死んだ場所……死んだ場所に霊が潜む……なるほど、道理だ」

「せやけど、三階は」

「見てみろ」

　エリマキの後ろに回り込み、階段の天辺を見上げた途端、私は小さな声をあげた。

　私が引っ越してきたばかりの記憶では、階段の先の板戸はきっちりと閉められており、その先の三階部分は潰されているはずだった。それが今、戸がわずかに開き、座敷の天井がちらりと見えている。

　きしむ階段に足をかけ、数段登ったかと思うと、エリマキはふと足を止めた。

「正直に言うと、今の俺は万全じゃない。お前の女中を喰って以来、喰える霊を探す暇なんてなかったからな」

　五燭電球の光を赤黒い鱗に反射させながら、エリマキが振り向いた。その表情はうかがいようがないが、声に恐れが潜んでいることは分かった。

「俺は最初にお前の先祖たちの声を聞いたとき、実は心底怯えた。お前の義兄の家の蔵でもだ。あまりに多くの人間の願いがほどかれなかったために、強くなりすぎた呪法がさらに捻れてる」

階上にちらと顔を向け、恐れから目を逸らすようにまたこちらを振り返った。

「三階でお前が願ほどきをすれば、勝ち目はまだある。呪法の捻れが直りさえしたら、単なる半端な霊の集まりに過ぎんからな」と、扇をしまっている私の懐をさす。

「しかしもし願ほどきができなかったとしたら……いや、できたとしても、あの数の霊を相手取れるとは、俺には言い切れん」

私はまだ生半可な覚悟を抱いたまま、うなずいた。

「分かっとる」

「お前を守れんかもしれん。お前をあの女中のように、死なせてしまうかもしれん」

「…………」

「それでも、来るか」

接触の悪い電球の灯が消えた。あり得ないはずの三階が、板戸近くの窓から差す光に照らされて、ほの暗く浮かび上がる。そこにどのような姿の者たちがいるのか、どんなことになるのか、私には分からない。ただ、エリマキの問いに返す答えは決まっていた。

「その質問をするのはこっちや、エリマキ」

私はまだかつての面影を残している二階を、開け放たれたままの襖から見渡した。

「ここは私の育った家や。義兄の一家と縁を切ったとはいえ、三階におるのは私の先祖と、妻や。おまはんは本来、かかりあいのない身やないか。他に腹を満たせるような霊は、探せばおるんやないか。そいでも、来るんか」

エリマキは薄闇の中で、小さく笑い声を漏らした。

「ここまで首を突っ込んでおいて、今さら退けるか」

赤黒い布が動き、鎌首をもたげてうねる。その動きは怯えを散らし、己を昂ぶらせるためのもののように、私には見えた。

第四幕
船場紅地獄廻唄

一

三階への階段は十二段。私はそれを覚えている。しかし恐れからか、その急な十二段がとてつもなく長く、遠い道のりに感じられた。

先に立ったエリマキは覚悟を決めたのか躊躇いなく登っていき、三階へ足を踏み入れると、思い切って板戸を開け、座敷へと消えていった。つられて私も駆け上がる。

板戸の向こうは二十四畳の座敷で、床の間も、違い棚に人形の置かれた床脇もそのままにある。天井から吊り下げられている行灯には灯りがついておらず、障子窓の外はまだ明るいはずなのに、黄昏かと思うほどのぼんやりとした光が満ちているだけだ。

「願ほどきを」

緊張の滲む声で言われ、私は慌てて懐に手を入れた。摑んだ扇にはしかし、明らかにおかしなところがあった。背筋から胸へと、妙な寒気が走る。

そんなことはあり得ない、と否定しながら、そろそろと取り出す。右手に握られた扇を見て、ぐっと息が詰まった。

「エリマキ」

声がかすれるのも構わず言う。

「要が……外したはずの要が」

振り返ったエリマキに扇を見せる。願ほどきのために外した扇の要、玄関から取ってきたときには確かに外れたままだったはずのものが、いつの間にか元に戻っていた。

「ここで願ほどきをさせない気か」エリマキが唸った。「どうする。戻るか。今度はここで要を外して——」

だん、という激しい音が背後で響いた。

エリマキが小さく悪態をつく。開けたままにしていたはずの座敷の板戸が、一分の隙間もなく閉まっていた。

　思わず引手に指をかけ、思い切り力を込めたがびくともしない。部屋の奥に駆け寄り、窓の障子を開けようとしたが、同じことだった。障子紙さえ、見た目はそのままだというのに鉄でできているかのように破れない。

「こっちへ戻れ！」

　エリマキが厳しく叫ぶ。つんのめりながらも私が傍に戻ると、エリマキはふぅと長い息を吐いて吸い、一心に何かの文句を唱えはじめた。

「魂（タマ）ハ見ツ主（ヌシ）ハ誰（タレ）トモ知ラネドモ結ビ止（トド）メツ下前（シタガヘ）ノ褄（ツマ）」

　それが三度繰り返されるうちに、エリマキの布が見たこともない動きを見せた。首からひとりでに解（ほど）かれ、何尺とも言い表わせぬほどの長さに伸び、蛇よりも速く床を、壁を這（は）い、辺り一面を覆っていく。

　赤黒い鱗（うろこ）に覆い尽くされていく広い座敷はまるで、赤く塗られた紅柄漆喰（べんがらしっくい）の部屋――いや、床も窓も、天井すらも血のような紅色に染まった様相はまさに、これが地獄かと思われた。窓からのほのかな光は完全に閉ざされたが、鱗が不思議に光り、手許（てもと）が見えぬほどの暗闇ではない。

エリマキ、と背後から呼びかけようとして、言葉が喉で止まった。

私はずっと、エリマキは自在に操れる赤黒い布を首に巻いているものだと思っていた。

しかし違った。

うなじの頸椎を挟んで、二本。二本の赤い鱗状の帯が、その首から生えている。

この部屋を覆っているものは。霊をくるんで喰ったものは、エリマキの身体の一部だったのだと、このとき初めて知った。

「俺たちを閉じ込めたつもりらしいが」

二十四畳の座敷中を覆ってなお、伸び続ける二本の何か――今や首から生えた平たい「尾」、とでも呼べばいいのか。それを油断なく揺らめかせながら、エリマキが言い放った。

「こちらもお前たちを閉じ込めたぞ。古瀬の一族。その亡霊。生死の間で立ち往生してきた、半端な者ども」

鱗から発せられる、小さくも鋭い光が、目鼻のないエリマキの横顔を赤く照らした。

「俺はお前たちを喰いに来た。お前たち、重ねに重ねた呪法を以て、何を臆するか。姿を、現わせ」

エリマキの大音声が座敷に轟いたあと、しばらくは目も耳も、異変を感じ取ることはなかった。だが、肌が、身体の芯が、冷たく震えて伝えてくる。
何かが来る、のだと。
そしてそれは、実に静かに、私たちのもとへと這い寄ってきた。
――おんごくなはは　なはははやおんごく　なはよいよい――
あどけない、子どもの歌声。聞いたことのある節回し。
あの夕暮れの中、巫女が歌った歌。
――舟は出ていく　帆かけて走る　走る姿が　おもしろい――
エリマキがゆっくりと、座敷の奥に首を向ける。
三、四歳ほどの男児が棒立ちになり、口だけを動かして歌を歌っていた。手に持った赤い帯のようなものの先が、後ろに浮いたままふつりと消えている。前髪ともみあげ、頭頂にだけ髪を残してあとは剃っていることから、まだご一新前の子どもだということが分かった。

――水道狸（すいどだのき）が坊主に化けた　化けた姿が　おそろしい　ありゃりゃ　こりゃりゃ　さぁさよぉいやさ――

子の持つ帯の、続きが浮かび上がる。帯を持つ細い指、縞（しま）模様の小袖（こそで）、白粉（おしろい）を薄く塗った若い女が、子の後ろにすぅと姿を現わした。

――おんごくやさしや　やさしやおんごく　なはよいよい――

女の歌声が重なる。手に持った帯がさらに後ろに続き、皺（しわ）の寄った老人が現われ、声を合わせる。

中年の男。まだ十代であろう娘。老婆。女児。壮年の男。帯は伸び、それを持つ亡霊の姿が連なり、歌声が重なり、しぜん大きくなる。

長くなっていく先祖たちの列を呆然（ぼうぜん）と眺めているうち、私は悟った。

あの列は、願ほどきをされなかった者の順番に並んでいるのだと。ということは、

――なにがやさしや　蛍がやさし　草のかげで　火をともす――

あの先頭の、年端もいかぬ子どもが、最初に願ほどきをされなかった者なのだ。幼い身でわけも分からないまま、扇に「商売繁盛」と書かされ、やがて命を落とした。

ただただ、家のために。

「ぼうっと見ている場合か」

エリマキが鋭く言い、警戒して私の後ろに下がると、うなじから伸びる尾をさらに伸ばした。

「あれの行列のいちばん後ろに、何が来ると思っている。あれは、何をしに来たと思っている」

エリマキが言う間にも、列は長くなり、歌は続き、重なる歌声は増えていく。二十四畳が、見る間に私の先祖の霊で溢(あふ)れ返っていく。

――七おいて廻(まわ)ろ　こちゃ質(ひち)や置かん　貧乏(びんぼ)なりゃこそ質おきまする――

——八おいて廻ろ　こちゃ鉢割らん　おうめなりゃこそ鉢割りまする——

記憶の片隅にある、祖父と祖母が姿を現わしたのを見て、私は思わず一瞬目をつぶった。

——九おいて廻ろ　こちゃ鍬持たん　百姓なりゃこそ鍬持ちまする——

列が伸び、後ろになるにつれ私たちのもとへ近づいてくる。記憶そのままの美しい母、私には柔和だった父が、青白い顔で口だけを動かし、歌う。

私から、ほんの数歩離れたところで。

——十っぱそろえて　おんごくなははや　なははやおんごく　なはよいよい——

歌は続く。最初に戻り、ただ今度はあの蔵に掲げられていた扇の数だけの、霊の声で歌われて。

いや、列の最後にもうひとりいる。その扇は、今私が持っている。

赤い帯を握る白い手を、私は知っている。気に入っていた春の花尽くしの小紋(こもん)を、私は覚えている。セルロイドの鈴蘭(すずらん)の簪(かんざし)を、白粉の匂いを、私は知っている。

「倭子(しずこ)」

思わず微笑みが、私の口に浮かんだ。

「ああそれ、その着物。簪。私(わし)が褒めたもんばっかしやないか。めかしこんだんやな。私に会うために」

しかし倭子は声には応(こた)えず、ただ無表情で、こちらに顔を向け、歌っていた。

おんごくの歌を。

「ほだされるな」

エリマキの鋭い声が背後から飛んできた。振り返ると、エリマキはすでに尾を伸ばして、先祖を次々と縛っていた。二本しかない尾で、五十を超えるであろう霊を一気に喰えるはずがない。

「死々虫(シシムシ)ハココニハナ鳴キソ唐母(カラハハ)ガ死ニシ塚戸(ツカト)ニ行(ユ)キテ鳴キヲレ」

エリマキの繰り返す呪文(じゅもん)とともに、霊を縛る尾から白い煙が立ち、手足の自由を奪われた霊が歌を止めて叫ぶ。

霊たちはこの悲鳴で、エリマキを敵と認識したようだった。赤い帯を持ち、歌を歌いながら、エリマキのほうに押し寄せていく。

「倭子、止めさせてやっとくれ」

半分無駄だと知りながら、私は妻に向かって叫んだ。

「あれは悪いもんやない。ずっと生きることも死ぬこともできんで、長い間さまようてきはったご先祖をなんとかしようと思うとるだけなんや。なぁ倭子、おまはんも分かるやろう」

倭子は歌をやめ、しばらく硝子玉（ガラスだま）のような目で私を見ていた。何か考えているのか、その力があるのかと思ったとき。

倭子は笑った。

私の覚えている、うつむいてはにかんだ笑みではなく。目は虚（うつ）ろなままに。白い白い歯を見せて。

「壮一郎さん」

その声は倭子のものではあったが、まるで抑揚がない。生きた人間の声ではない。

「壮一郎さん」

繰り返す。さっきとまったく同じ調子で。何度も流される、蓄音機の歌のように。

「うしろ」

ゆっくりと。

「うしろに」

私に手を伸ばし。

「おんごくの――」

余っている帯を差し出して。

「行列の――いちばん、うしろに」

倭子の言葉の意味を悟って、私は総毛立った。

最初に倭子が、私の寝室に来たとき。

「うしろに」と、残していった言葉は、私の後ろに何かがいるということではなく。

亡霊の列――おんごくの、いちばん後ろに来いという意味だったのか。

倭子がもう一方の手を動かし、私の持っている扇をさした。変わらず抑揚のない声で、上の句をうたう。

「せをはやみ　いわにせかるる　たきがはの」

——われても末に逢はむとぞ思ふ——

私がその下の句を口ずさめば、それで倭子の願かけは叶う。

倭子はそう言いたげだった。

私たちが黙って向かい合っている間にも、歌声は続き、耳朶から身体の内側に食い込んでくる。

——賽の河原で碁石をひろて　砂で磨いてあこやへあって　阿古屋姉さんかねかと思て金じゃござらん碁石でござる——

目の前にいる倭子。かつて倭子であったもの。今や生気のない肌に、ただ白粉と紅をつけただけの、妻の形をした亡霊。

私を死と生の狭間へと。捻れた呪法の、渦の中へと誘うもの。

——是がかねなら帯買ぁをゝとさ　こぉれがかぁねなあゝら　おゝびかぁをと——

「倭子」

名前を呼ばれても、倭子は扇をさしたまま、ぴくりともしなかった。

「私には、描きたいもんがある。なんやと思う」

答えないことは分かっていたが、構わず続ける。

「嫁に来たとき、いつかおまはんを描いてやる、て言うたな。きれえに描くよって、楽しみにしとき、て。あの約束、ついに果たせなんだ」

すまなんだな。

そう言いながら、私は扇を倭子に差し出した。

「おまはんが行んでもうた、今も描かれへん。生きとったころのおまはんと少しでも違うてたら取り返しがつかん気がして、描くんが怖いんや。情けない絵描きやな。けんど、いつか描くよってに。大阪いちの別嬪に描いたるさかい」

倭子がおんごくの帯を持つ、もう片方の手に、私は扇を持たせた。

「せやからしばらく、待っとってくれ。私はまだ、そっちに行くわけにはいかんよってに」

扇は倭子の手からこぼれ落ちるかと思われたが、かろうじて弱い力で握られていた。ゆっくりと、扇を広げ、歌に何度も視線を走らせる。

ずいぶん長い間、倭子はそうしていた。

そろそろと私を見た目に、かすかな意思が宿っていたと感じたのは、私の気のせいだったのか。

倭子は扇を閉じ、胸元に押しつけ、瞼を閉じて一歩下がった。

薄く笑み、せをはやみ、せをはやみ、と繰り返し口ずさみながら。

私が「おおきに、ありがと」と囁く、その声が、背後からの突然の悲鳴にかき消された。

先祖の霊の声かと思ったが、そうではない。今やエリマキは無数の亡霊に取り囲まれ、その姿すら見えなかった。さきほどの悲鳴がエリマキの叫び声だと悟り、私は前後も考えず亡霊の群れのもとへと駆け寄った。

赤黒い尾で縛られているのは二、三十人ほどだろうか。さらにエリマキの尾は伸び続け、ひとり、またひとりと亡霊の自由を奪ってはいるが、それでも足りない。次々と霊が押し寄せ、群れの中心にいるであろうエリマキに手を伸ばす。

「壮一郎、近づくな!」

私の足音を聞きつけたらしいエリマキが叫んだ。

「お前の手に負える相手じゃない。離れ……」

ひときわ大きな叫び声が響いた。群れの隙間から、腕の一部が放り投げられ、私の足許に転げ落ちる。その指に見覚えがあると気付いたとき、私は自分の正気がぴしりと音を立ててひび割れるのを感じた。

エリマキ、エリマキと叫びながら、亡霊の群れを掻き分ける。群れは今エリマキに気を取られているらしく、あっけないほど軽く押しのけられていく。

亡霊の群れの中心に、エリマキはかろうじて立っていた。右腕の肘から先を失い、肩を噛みちぎられ、それでも血は流れていない。ただ傷口から覗く肉は人間のそれとは違い、尾と似た赤黒い鱗状であるのがちらりと見えた。肩で息をし、亡霊の歯と腕を残った左腕で振り払いながら、少しずつ壁際に追いやられていく。

エリマキに縛られている亡霊の悲鳴、まだ自由なものが喉から編み出す歌声、エリマキの小さなうめき声。それら全部が私の脳を掻き回し、乱し、冷静さを失わせていく。

この紅色の座敷、鱗の粒が光る地獄の中で、平静を保っているものは私を含め、ひとりとしていなかっただろう。

「近づくなと言っただろう」

　エリマキが怒気を含んで叫んだ。

「こいつらはもう、家族や恋人や友人の顔なんて覚えちゃいない。俺の顔に誰も見ていない。その上こんな……嚙みちぎってくる亡霊なんて俺は知らない。お前も無事ではいられんぞ」

「せやけど――」

　言いかけた私の右肩に、鋭い痛みが走った。歯が食い込む感触に短い叫びをあげ、とっさに目をやると、見慣れた顔の持ち主が私の肩に食いついていた。

　新蝶々に結った髪に鼈甲の簪。水白粉を塗った顔。私の血と混じる唇の紅。見開かれたまま、何の感情も映さない目。

「お母様」

　母は黒目をぐるぐると回すと、いっそう深く私の肩に歯を食い込ませた。痛みが手先の末端まで走る。ほぼ無意識のうちに、身体を引くのではなく、逆に母に向かって体当たりをした。存外に弱々しく倒れた母の身体に、エリマキの尾が絡みつく。

　右腕から絶えず流れる血と、頭が痺れるほどの痛みを感じながら、私は不思議と笑った。

「お母様、ひどい……やないでっか。絵描きになりたい、て、私が言うてたん、知ってはりましたやろ」

　エリマキが呪文を繰り返す。尾から白い煙が立ち、のたうちまわる母の姿を、私はただ見ていることしかできなかった。

「あと、ふたり」

　エリマキがつぶやいた。

　尾が伸びる。ゆっくりと近づいてきていたその顔も、私はよく知っていた。

　父親。よく店に出す前の売り物を見せては、意匠について教えてくれた父。十日戎で鬼となった男。

　尾が巻き付く速度は明らかに最初と比べて落ちてはいたが、それでも父を捕らえるのには充分だった。白い煙が立ち上る、きっと亡霊は悲鳴をあげると覚悟していたが、尾はただ父の身体に巻き付いいているだけだ。

「エリマキ」

　身体が自由なままの、最後のひとりから目を逸らすように振り返って、私はどうにか立っているエリマキに言った。

「おまはん、もう……」

エリマキは私の言葉を無視して、よろめく身体を壁で支えた。

「あと、ひとり」

倭子の身体に尾が巻き付く音がしたが、そちらを見ることはできなかった。

「これで……全員」

かすれた声と同時に、エリマキが赤黒い床の上に倒れた。尾ばかりがわずかに波打っている。

近くに膝をついて見ると、改めてエリマキの負った傷の多さと深さが分かった。右腕がちぎられたのはもちろん、左肩も腕も腹にも、赤黒い鱗が露出している。無数の引っ掻き傷といい、およそ傷のまったく見当たらないところはなかった。

上半身を抱き起こして揺らしてみると、エリマキはそろそろと左腕を上げて、私の背後を指さした。

先祖の亡霊たちを縛るエリマキの尾が、少しずつ緩んできていた。今や白い煙など立っておらず、亡霊たちは蠟人形の顔のまま、尾を振り解こうともがいている。

「あいつらを全員くるんで喰うどころか、縛るのが精一杯だ。どうにか俺も踏ん張ってはいるが。そう長くはもつまいよ」

エリマキは諦めとも自嘲ともつかない、短い息を吐いた。

「すまない、壮一郎。お前はもっとましな死に方をするべきだった。俺がここまで連れてきてしまった。だからこんなところで死ぬ。嫁さんの願いに応えてではなく、先祖に嚙みちぎられて殺される」

右腕が急に摑まれて、私はびくりとした。

「許せ」

かすれた声で、エリマキは囁いた。

腕を摑む力が弱くなっていく。エリマキの身体から生気が抜けていくのが分かる。

私はこの感覚を知っている。倭子を看取ったときの、私の指を握る力の弱さ。命が刻一刻と、削られていくのを目の当たりにする焦燥。

「私は母を亡くした」

背後に先祖たちが一歩、また一歩と近づいてくるのを感じる。尾はもう、ほとんど解かれているのだろう。

「父も亡くした」

振り返る気はない。たとえ後ろから突然嚙みつかれたとしても、私は言葉を続けただろう。

「倭子にはさっき、しばらくの別れを告げた。私にはもう、倭子をこの世に引き留める気はあらへん」

エリマキに反応はない。指がわずかに、私の袖に引っかかっているだけだ。

「そいで今度は、おまはんが私の目の前で行んでまう気か。最初に会うたときに大口叩いた威勢はどこぃ行った。なぁ」

私がエリマキを揺らすのと同時に、袖にかかっていた手が床に落ちた。何かを言おうとエリマキの首がわずかに動き、うめき声をあげ、何を言わんとしているのか分からないうちに、首ががくりと垂れた。

足音が迫る。

衣擦れが、歯を鳴らす音が、歌声が迫る。

もう、エリマキに聞こえないことは分かっていた。自分がじきに、死ぬことも分かっていた。

ただ、最後にひとつ、エリマキに頼みたかったことを、私は言った。

「……倭子を喰うてくれ。私と初めて会うたとき、おまはんが言うた通りに。倭子を、楽にしてやっとくれ。それをでけるのは、おまはんだけや。おまはんだけが、私の頼りや」

このとき、もし。

私が誰かの顔をエリマキに見ていたとしたら。

エリマキは、どんな表情をしていただろう。


――ぴしり。


エリマキの目鼻のない顔に、縦長の亀裂が走った。

白い肌に、切り傷のようなひび割れ。赤黒く、しかし血は出ず。

何かが、亀裂の中で蠢いている。ひびを押し広げ、出てこようとしている。

小指一本分、広がったその奥は赤黒く、鱗の粒が光り。

数えられるだけでまず六本。それからさらに無数の、鱗をまとった帯状のものが、亀裂から這い出してきた。

突然右腕を摑まれる。さきほどとは比べものにならない、強い力で。

それはなおも顔の亀裂から尾を吐き出しながら、ゆっくりと立ち上がった。

「壮一郎。古瀬壮一郎」

歓喜に満ちた声。聞き慣れているはずなのに、別人じみた声。

「お前は俺の、ほんとうの顔を見たな」

答えられなかった。何が起きているのか。尾は勢いに満ちて、四方八方へ駆け巡っていく。

「お前はどうしようもないやつだ。死んだと思ったものに、いつも執着する。たとえそれが、俺みたいなのでも」

喜びと呆(あき)れの混じった声に、エリマキがかつて放った言葉が呼び覚まされた。

――俺は、見るひとの心にいちばん深く根付いている者の姿に見えるらしい――

「……死んだふり、しとったんか」

「人聞きの悪い。実際に死にかけてたんだ。お前が俺の、ほんとうの顔を見るまでは」

うなじから生えた尾すら、生気を取り戻して波のようにうねる。エリマキが天井を仰ぐ。

「なぁ、壮一郎。俺は自分が何者かなど、今まで構いはしなかった。ただ半端な霊で腹を満たせれば、それでよかった。他人が俺に誰の顔を見ようとも、利用するか無視するか、それだけだ。壮一郎、お前に会うまでは」

「私と……」

エリマキとの出会いが頭をよぎる。暗闇の中から現われた、のっぺらぼうの顔。

「お前といるうちに、俺は初めて、自分が何者なのかと不安になった。俺は何なのか。ほんとうの顔はどういうものなのか。そして昨日、お前は言ったな。俺は化け物ではないと。俺の顔に目鼻も見えないくせに、そう言い切ったな」

嬉しかった。

エリマキがつぶやくと同時に、尾がうなじから、顔の裂け目からさらに伸び、座敷じゅうを覆う。赤い、鱗の光る海が、私たちの、亡霊の周りを取り囲む。

母に嚙まれた肩の痛みをこらえて立ち上がると、エリマキの顔がすぐそこに見えた。おぞましい、人間のものでない顔。それでいて、どこか強く惹きつけられる、蠱惑的な赤黒い鱗。

「えらい素直になりおったな。せや。今でも、そないな姿でも、私はおまはんを化けもんやとは思わん。おまはんは私を助けた。お竹はんに情けをかけた。それは化けもんにでけることやない」

エリマキの哄笑が聞こえる。顔の裂け目から、というよりも、身体全体から。

「そうだ。俺は化け物じゃない。ただののっぺらぼうでもない。今さっき、やっと分かった。自分が何者なのか。お前が俺のほんとうの顔を見たからな」

摑まれたままになっていた右腕を、さらに強くエリマキが握った。エリマキの高揚が、指を通して伝わってくる。

「力が溢れてくる。これが俺のほんとうの力か。こんな気分は初めてだ。壮一郎、いいものだな。自分が何か、はっきり分かるというのは」

尾が伸び、亡霊を捕らえ、絡みつき、覆っていく。私が生まれる前の先祖。父。母。倭子。

倭子はまだ扇を胸に当てたまま、何も分からぬ幼子のような顔をして、足から絡みついてくる尾にただされるがままになっていた。尾は腰を覆い、扇ごと巻き付き――。

その顔が赤黒いものに隠される一瞬前、こちらを見た、感情のない目を私は忘れないだろう。

尾は亡霊たちの全身を覆ってなおも巻き付き、膨らみ、やがて繭の形を成した。

赤い部屋一面に転がる、五十ほどの繭。鱗の光る、亡霊を喰うための檻（おり）。

エリマキはようやく私の腕を離すと、自分の右腕を拾い上げ、肘にくっつけた。腕など最初からもがれていなかったかのように、傷口がすぅと消える。よく見てみると、他の噛み傷や引っ掻き傷も、その一切が消えていた。

「古瀬の一族。繁栄という欲を、誤った呪法によりて満たそうとしたその罪、今ここで裁く。そして赦す。なぜなら――」

と、エリマキは私に顔を向けた。赤黒い尾の伸びる裂け目しかない顔に、私はなぜか笑みを見た。

「ここにいる古瀬の裔によって、俺は己が何者か知ることができたからだ。俺は遠国の遣い。遠国の門。飢えた亡霊喰い、ただ徒に腹を満たす者ではない。喰うた亡霊をことごとく、安らかなる遠国へ送り込む者であるからして」

エリマキは朗々と言い放ったかと思うと、すっと息を吸った。

「タマヤタカ」

エリマキが唱える。津山を喰い、女中を喰ったときと同じ呪文を。

「ヨミチ我レ行クオホチタラ」

繭のいくつかが、最後の抵抗をする。くぐもった声をあげ、破ろうとしているのか一部分が膨らむ。

「チタラマチタラ黄金チリチリ」

五十の繭から、いっせいに、首の骨の折れる音が聞こえてきた。

目を逸らすことも、耳を塞ぐこともできたが、そうすることを私は自分に許さなかった。倭子を包んだ繭の中で肉の繊維が裂かれ、骨が嚙み砕かれ、咀嚼される音を聞き、倭子が喰われるのを、ただただ見守った。

エリマキが最初に首の骨を折ったことと、「安らかなる遠国」という言葉を、せめてもの慰めとしながら。

二

繭となっていた尾が解けていく。あとには何も残らない。倭子の繭があった場所にも、簪一本、扇すら、残ってはいなかった。

エリマキはふぅと息をつくと、部屋中を覆っていた尾を剝がしはじめた。赤く光る鱗の下から、畳、床の間、障子窓が次々と現れる。

ものの数分も経たないうちに、部屋は元の座敷へと戻っていた。エリマキの尾も裂け目から出ていたものはすべて引っ込み、あとは前のように、うなじから生えた部分が首に巻き付いていているだけだ。

「早くここを出なけりゃな。もともと亡霊の棲家だった、今はあり得ない場所だ」

エリマキはその言葉と同時に、早くも板戸を開けて座敷から出ようとしていた。私も慌ててあとに続く。

板戸を閉め、試しに引手に指をかけてみたが、板戸はもう一寸も開かなかった。

すでに二階への階段を降りかけているエリマキを追おうとしたところで、鋭い声が飛んできた。

「来るな。俺がこの家を出て行く頃合いまで、そこにいろ」

なぜ、と問う前に、エリマキが手すりに指をかけたまま続けた。

「さっき言っただろう。俺は遠国の門だと。俺のほんとうの顔は恐らく……生きている者が長く見るものじゃない。引きずり込まれる」

エリマキの顔、あの裂け目、無数の尾を思い出す。さっきは感じもしなかった慄きが腹から這い上がり、私は何も言うことができなかった。

ふっと、エリマキが笑う声が聞こえた。

「礼を言う。俺は今まで、半端な霊を喰って腹を満たすだけの者だった。千年……千年もだ。喰われた者が、どこへ行ったのかも分からなかった。けれどもお前のおかげで、自分が何者か分かった。喰われた者がどこへ行くのかもはっきりした。この先、俺が何年この世にいて、何人喰うか分からないが……このふたつを知ることができただけで、俺はずいぶんと楽になれる」

「千年もの間、おまはんのほんまの顔を見たもんはおらんかったんか」

「誰も」

エリマキの返事はごく短かった。

数段、降りかけたエリマキに、私は背後から声をかけた。

「エリマキ。頼みがある」

階段を踏む足が止まった。

「もし私が……いつか行んでもうて、そんときに自分が生きてるか死んでるかも分からん、半端なもんになっとったら。私を喰いに来てくれんか」

振り向きかけたエリマキが、無理に動きを止めたのが分かった。

「……俺に喰われたら、嫁さんと同じ遠国に行けるからか」

「それもある。けんど、おまはんかて、千年生きてきて自分のほんまの顔、初めて見た男の魂、喰いたいとは思わんか」

長い沈黙が続いた。答えがないまま去られるのかと思ったころ、短い笑い声が聞こえてきた。

「ああ。約束してやる。お前がいつ死のうとも、どこで死のうとも、お前が間抜けな生者面でうろついていたら、必ず見つけ出して喰ってやる」

エリマキに見えないことは分かっていたが、自分が微笑むのを抑えられなかった。

「おおきに」

エリマキとの会話はそれきりだった。急な階段をエリマキが降り、六畳間を出、一階へと向かっていく。私はその足音が聞こえなくなるまで、じっと階段の上で佇(たたず)んでいた。

翌日、傷をおして引っ越しに追われる私の家に、近所の時計屋の主人が飛び込んできた。

私を幼いころから知っており、義兄が平野町にいた時分には付き合いがあったという。

「古瀬さん、聞きはりましたやろか」

時計屋が息せききって話すところによると、義兄が今日の明け方、姉を鉈で斬りつけたということだった。幸い雇人が悲鳴を聞いて駆けつけ、姉は軽傷で済んだが、義兄は警察官に捕らえられたらしい。

「そん時の……義兄さんはどないなふうやったんでっか」

まだ頭を殴られたような衝撃を覚えたまま訊くと、時計屋は眼鏡をせわしない手つきで上げた。

「なんや、番頭の言うとこによると鬼みたいな形相で……『喜志井屋でっせ』『福、頼んまっせ』『商売繁盛』……言いながら、鉈振り回して、取り押さえるのに難儀したそうでっせ」

傾いとるのは薄々知っとったけど、旦那さんがああなったらあの店はもうあかんやろうな、と時計屋はつぶやき、相手が私だということを思い出して慌てて頭を下げた。

「いや、それはもう仕方のないこってす。……それより、もし知ってはったら、ひとつ教えとくなはれ」

果たして、時計屋は私の質問の答えを知っていた。
現場には、硯（すずり）と筆、そして一本の扇があったそうだ。

第五幕

信濃橋(しなのばし)筆彩(ふでのいろどり)

心地よい色彩の渦の中に、私は立っていた。

卓上の果物。素朴なタッチの、早春の山。アラベスク模様の敷物に横たわる裸婦。見慣れた中之島の風景。それらが額縁に収まり、画廊を彩っている。

あの一件の後、私は平野町を離れて阿波座(あわざ)に下宿先を見つけ、開かれたばかりの信濃橋(しなのばし)の洋画研究所に籍を置いた。東京で勉強したはずの洋画も、改めて学び直してみると「デッサン狂てるで」と何度講師に言われたことか。

二年の研鑽を経て、研究所の仲間内での展覧会に出展しないかと誘われたのが半年ほど前のこと。変わらず私の生計のもとは広告や挿絵だったが、この二年間で描きためた作品に、展覧会の話が出てから仕事の合間を縫って仕上げた数点を加えて出展することとなった。

仲間の作品を勉強がてら見て回っていると、後ろから聞き覚えのある声で名前を呼ばれた。振り返って、思わずああ、と笑みがこぼれる。

「お久しおますな、古瀬さん」

黒地に矢羽根模様の御召を着た巫女は、言葉とは逆にまるで先週も会ったかのような気軽な調子で軽く頭を下げた。

「今日は呼んでもろて、おおけにはばかりさん。お手紙もろたとき嬉しかったですわ。なにしろ、毎日あの暗い間ァで霊降ろしてばっかりやもん、気が滅入ってしもて」

「ええ気晴らしになると思いますわ。それに、見せたい絵がありますよって」

巫女とは、引っ越し先が決まってすぐ家を訪れて以来会っていなかった。六畳間でことの全てを説明すると、巫女は煙管をいつもの手つきでふかし、

「そういうことやったら、わてのとこにももう来まへんやろな」

寂しげな笑みを浮かべて、そうつぶやいた。

私に会うと、きっと巫女はエリマキのことを思い出すだろう。憂いを帯びた表情を見るとそうとしか思えず、借りた金も直接返すのではなく、少しずつ送るしかなかった。

二年半ぶりの再会とあって、互いの身にもこまごまとしたことが起こっていた。軽く近況を述べ合ってから、恐る恐るエリマキについて訊いてみたが、やはり巫女は首を横に振るだけだった。

「これでええと、わては思うとるんだす。エリマキの顔を見とると、いつまでも亡くした息子の思い出にすがってしまうさかい」

エリマキに甘えられとるつもりが、甘えとったんはこっちやったんですわ、と巫女は目を閉じて言った。

しんみりしていた様子はしかし一瞬だけで、巫女はぽんと軽く手を叩いた。

「あかんあかん、今日は古瀬さんの絵を見に来たんやから」

私の絵が飾られている一角はわりにひっそりとしており、洋服の紳士や母娘らしいのがいるだけだった。有望な若手画家の絵の前に人々が集まっているのを見ると複雑な気分になるが、むしろ最近は挿絵のほうで名が通っているのだから、「古瀬の油絵」がまだ広まっていないのも仕方がない。

それでも巫女は一枚一枚、丁寧に見ては、絵には疎いと言いながらもあれこれと質問をしたり、彼女なりの感想を述べてくれたりした。

そのうちの一枚、私の絵にしては大きめな肖像画の前で、巫女はふと考え込む仕草を見せた。やがて絵をさし、

「この方、もしかして」

と訊く。勘がいいのか、私が特に力を込めて描いたのが分かったのか。

花模様の小紋(こもん)を着た若い女性が、前栽(せんざい)の樫(かし)の木に寄りかかって微笑んでいる絵だった。色白の肌が春の陽にしっとりと光り、形の良い目には長い睫毛(まつげ)の影が落ちている。

「倭子(しずこ)です。春が来るまではと耐えとったのに、その前に行んでしもうたさかい、せめて絵の中だけでもと」

巫女はしげしげと絵を見て、いかにも嬉しそうに微笑んだ。

「別嬪(べっぴん)さんでんな」

それを聞いて思わず苦笑が漏れた。

「贔屓目(ひいきめ)が入っとるとは思いますけど。大阪いちの別嬪に描いたる、て約束したもんで」

しばらく巫女と絵を眺めてから、私は打ち明けた。

「これ、買い手がついとるんです。倭子の父親がぜひに、と」

まぁ、と巫女が声をあげた。

「昨日来はって。忙しさにかまけて、足繁く通って診られなかった。妻が末娘ばかり可愛がるのを咎められず、自分もろくに構えなかった。その罪滅しだと言わはって」

私は改めて、倭子の絵を見つめた。鮮やかな緑の木陰に彩られ、はにかみを含んだ微笑みは、間違いなく私の覚えている倭子の笑い方だった。

「ようやっと描けました。あの世の倭子を、ずいぶん待たせてしもうた」

「それでも、喜んではると思いますわ。巫女の勘を信じなはれ」

洒落っ気を混ぜて言う巫女は、不思議と二年半前より若く見えた。

さらに画廊の奥へ、一枚ずつ感想を聞くのと説明を繰り返したのち、私たちは最後の絵の前に立った。

その絵をひと目見て、巫女はわずかに息を呑むと、じっと黙って佇んでいた。

「講師には主題が分からんと言われたもんですが。私は気に入っとります」

私は巫女に語りかけながら、思わず自分が笑みをこぼしていることに気付いた。

かつて私が住んでいた、平野町のアトリエを描いた油絵。中庭に面した硝子戸は開け放され、三月の陽が灯りのついていないアトリエをほんのりと照らしている。

雑然としたアトリエの中、光の当たる場所にひとりの人物が座っている。古い木綿の着物と癖のある髪の後ろ頭がうかがえるが、中庭を向いている顔は見えない。

ただその首には、鱗のような光が粒状に輝く、赤黒い襟巻が巻かれていた。

主な参考文献

〈書籍〉

『大阪ことば事典』牧村史陽編／講談社
『大阪歳時記』長谷川幸延／読売新聞社
『大阪の風俗（毎日放送文化双書8）』宮本又次／毎日放送
『近畿の葬送・墓制』堀 哲・原 泰根ほか／明玄書房
『薬の大阪道修町　今むかし（上方文庫31）』三島佑一／和泉書院
『心斎橋筋の文化史』橋爪紳也監修／心斎橋筋商店街振興組合
『新修大阪市史　第10巻』新修大阪市史編纂委員会編／大阪市

『船場大阪を語りつぐ　明治大正昭和の大阪人、ことばと暮らし（上方文庫別巻シリーズ8）』
前川佳子構成・文　近江晴子監修／和泉書院
『続・大阪古地図むかし案内――明治～昭和初期編』本渡章／創元社
『谷崎潤一郎随筆集』篠田一士編／岩波書店
『田村コレクション　櫛・かんざし（京都書院アーツコレクション34）』灰野昭郎著・花林舎編／京都書院
『定本　船場ものがたり』香村菊雄／創元社

〈図録等〉
『大阪市立近代美術館展覧会　油絵の大阪―商都に生きた絵描きたち―』
大阪市立近代美術館建設準備室・髙柳有紀子・熊田司編著／大阪市立近代美術館建設準備室
『大大阪時代に咲いたレトロモダンな着物たち　～北前船船主・大家家のファッション図鑑～』
深田智恵子編／大阪市立住まいのミュージアム
『大大阪モダニズム　片岡安の仕事と都市の文化』
大阪市立住まいのミュージアム編／学校法人常翔学園常翔歴史館・大阪市立住まいのミュージアム

〈Web〉
「拾芥抄」洞院公賢／東京大学学術資産等アーカイブズポータル
https://da.dl.itc.u-tokyo.ac.jp/portal/assets/79730a6a-4949-4449-333e-7bf424634563
「研究エッセイ　平安時代の和歌と呪術（『非文字資料研究　News Letter』9巻収録）」
繁田信一／神奈川大学21世紀COEプログラム「人類文化研究のための非文字資料の体系化」
研究推進会議／神奈川大学学術機関リポジトリ
https://kanagawa-u.repo.nii.ac.jp/records/8465

第43回横溝正史ミステリ＆ホラー大賞
選考経過・受賞の言葉・選評・歴代受賞作一覧

第43回横溝正史ミステリ＆ホラー大賞
選考経過

ミステリ＆ホラー小説の新人賞、第43回横溝正史ミステリ＆ホラー大賞（主催＝株式会社ＫＡＤＯＫＡＷＡ）には応募総数四三七作が集まり、第一次選考、第二次選考により、最終候補として左記の四作が選出された。

『人類賛歌』　ウシジマタクロヲ
『けものの名前』　大塚
『美大怪異譚』　栗谷美嘉
『をんごく』　北沢　陶（露野目ナキロ改め）

この四作による最終選考会を二〇二三年四月二十七日（木）に、選考委員、綾辻行人・有栖川有栖・黒川博行・辻村深月・道尾秀介・米澤穂信（五十音順・敬称略）の六氏により行い、厳正なる審査の結果、『をんごく』を大賞に決定した。また、一般から選ばれたモニター審査員により最も多く支持された作品に与えられる読者賞、Ｗｅｂ小説サイト「カクヨム」ユーザーにより最も多く支持された作品に与えられるカクヨム賞にも選出された。

第43回横溝正史ミステリ＆ホラー大賞

受賞の言葉

「そんなことがあっていいんですか⁉」

大賞、読者賞、カクヨム賞のトリプル受賞を告げられたとき、思わずそう聞き返してしまいました。結果連絡の電話を切ったあとは嬉しいというよりも呆然とし、二分後には「これからも努力を重ねなくては」と気を引き締めていたので、有頂天になるタイミングを逃して今に至ります。

実はこの作品は、半分ほど書いたところで止まっていました。家族に「これは絶対におもしろくなるから続きを書け」と言われていたのですが、ようやく後半を書き始めたのは中断してから約三年四ヶ月後でした。長い休眠期間を経て、結実したのがこの『をんごく』です。とはいえ、執筆をしていない間も大正時代の大阪には惹かれ続けており、資料を読み、取材めいたことはしていました。大阪への愛着と呼べるものが、『をんごく』の執筆再開、そして完成を後押ししたのでしょう。

選考委員の皆様、投票してくださったモニター審査員と「カクヨム」ユーザーの方々に心より御礼申し上げます。そしていつも見守ってくれた家族に感謝の意を表します。

執筆中、デスクの近くには豊臣秀吉公――「太閤さん」――を御祭神とした大阪城豊國神社の勝守がありました。大阪を舞台にした小説ですので、お力を貸してくださったのかもしれません。

北沢 陶

第43回横溝正史ミステリ＆ホラー大賞

選評

見事な達成

綾辻行人

露野目ナキロ『をんごく』にとても感心した。感動もした。この作品の大賞受賞は順当な結果だと思う。

文章が、とにかく良い。客観的に見て「巧い」し、その巧さが実に心地好い。第一幕第一節――冒頭の「口寄」のシーンに続いて、四〇×四〇の字詰めで六・五枚ぶん、主人公の来歴が語られる。ここまで読んだ時点で僕はもう、原稿の何カ所かにサイドラインを引いて「巧い！」と書き込むなどしている。ややもするともたつきがちな序盤のこういうパートをこのように書けるのはまず、作者の力量の端的な証しだろう。

文章の良さゆえに人物が生き、風景が生きる。大正時代末期の大阪を舞台とするこの物語の〝世界〟に、するりと引き込まれる。実生活においては「幽霊なんているはずなかろう」「だからべつに怖くないし」とにべもない僕のような者にとっても、この〝世界〟の中では確かに存在するものとして「幽霊」たちがリアリティを持つ。ゆえに怖い。ゆえに面白い。――もちろん、この作品の美点は文章だけではない。核心となるアイディアも構成・演出も良い。それらすべてが合わさっての見事な達成なのだが、小説の命はやはり文章か、と感ずることもしきりであった。

『をんごく』は優れた怪談小説であると同時に優れた「謎物語」にもなっていて、この塩梅がまた良い。終盤で明かされる「真相」には思わず「おおっ」と声が出た。クライマックスの迫力にも同様の声がまた出てしまい、さらにはなぜか涙まで出てきてしまった。

露野目さん、素晴らしい作品を読ませてくれてありがとう。受賞、おめでとうございます。

※著者名や作品からの引用は選考時のものです。

他の最終候補作の中では、大塚『けものの名前』を楽しく読んだ。作者自身が梗概で「ホラー・闇鍋・ミステリ小説」とPRしているとおり、確かに「闇鍋」的な作品である。ヤクザ、猟奇殺人、バイオレンス、呪術、霊能者、殺し屋……何とも多彩な具材を放り込んで、ところどころにスラップスティックコメディ的な調味料も加えつつ、という。どう転がっていくか分からないストーリーが気になって、ぐいぐい読まされる。この点は評価したいのだが、読みおえてしまうと、「いったい自分は何を読んでいたのかしら」と首を傾げたくなった。「闇鍋」を謳うのは結構だが、これでは全体としての〝味〟にまとまりがなさすぎるのではないか。

ウシジマタクロヲ『人類賛歌』。題材からの連想で、阿久悠『殺人狂時代ユリエ』を思い出しつつ読みはじめたのだが、要となる「還歌」の威力があまりに凄まじいため、おのずと話は国家レベルの危機に直結する。そしてこの危機に立ち向かうのが一介の女子高校生と大学教授のコンビ――というところで、どうしても荒唐無稽感が強くなってくる。それでも問答無用で面白く読ませるのが作家の腕であるわけだが、残念ながらそこにはまだ及んでいない。

栗谷美嘉『美大怪異譚』には、あまり美点を見出せなかった。『をんごく』と比べて評してしまえば、この文章で、この人物設定・舞台設定で、このように「幽霊」を語られてもいっこうに怖くないし、面白くもない。最後に用意されたひねりも切れ味が甘く、驚きも納得も得られなかった。

強い受賞作
有栖川有栖

新人賞の応募者であれば、「とにかく受賞に漕ぎつけたい。すれすれでも合格できたらデビュー後は死に物狂いでがんばる」と思いもするだろう。それが人情であるにせよ、盛大な喝采で迎えられる〈強い受賞作〉で世に出るのが理想だ。デビュー後に読者を獲得しやすいし、賞にとっても望ましい。

今回は、『をんごく』が選考会で圧倒的な評価（二位のダブルスコアという高得点）を得て受賞作に決まった。大正末期の大阪・船場の商家を舞台にした謎のあるホラーで、雰囲気・キャラクター・ストーリー展開ともに安定した文章でうまく描けており、読者を選ばずに楽しませるだろう。クライマックスに向けての盛り上がりも充分だし、恐怖の淵源の設定も面白い。

規定の上限よりずっと少ない枚数ですっきりとまとめられていた。舞台となる呉服屋の商いぶりを書き込んだり、絵の道を選んだ主人公の内面によって商道をもっと相対化して描いたりできたのでは、と欲張ってコメントしたくもなるが、待望の〈強い受賞作〉である。

露野目ナキロさん、おめでとうございます。ご活躍に期待します。

『人類賛歌』はパニックホラー。耳にした者を狂気に陥れる歌が世界を危機に陥らせる。女子高生と内閣調査室の捜査官がコンビを組んで捜査するのに納得がいかないし、歌の来歴、目的、封印が解かれた経緯など、腕の見せ所がたくさんあるのに、そういった要所に冴えが見られなかった。この先どうなるのだろう、と読み進ませる力はあったのだけれど。

『美大怪異譚』では、題名のとおり美大で次々に怪異が起きる。にぎやかではあるが、美大生たちを登場させることでまとめた小ネタ集の感があり、長編として読むには弱く、美大らしさもあまり伝わってこない。個々のネタや人物の造形に工夫の余地が大きく、そういったことも物語の芯が脆弱だからではないか。

『けものの名前』は、話が散らかりすぎており、視点人物もめまぐるしく変わるため主人公が誰かもはっきりしない。呪われた一族の命運・やくざと神・神作りの庭など、これに絞って面白いホラー長編が書けそうなのに、というモチーフがいくつも出てきて、こちらはさながら大ネタ集(もったいない)。この作品は〈ホラー・闇鍋・ミステリ小説〉とのことで、たまたまこういう書き方になったのではなく作者は自覚的なのだろう。しかし、出汁を取らずに具材だけ豊富に煮ても、やはり味は出なかった。

以下はこれから投稿なさる皆さんに向けて。――梗概は選考する側の便宜のためのものだが、作者にとっては自分が何を書いたのかを最終確認するチャンスでもある。「読み手に何を届けようとしているのか」を自分なりにまとめていただきたい。

『をんごく』を推す
黒川博行

『をんごく』を◎と考えて選考会にのぞんだ。はじめの投票集計点は二位以下と大差があったが、候補四作について詳細な意見を交わした。

『美大怪異譚』は美大の学生を〝奇人・変人の集まり〟としてステレオタイプのキャラクターを設定したのがよくなかった。美大生、浪人生の日常にリアリティーがないため、ドタバタコメディーになってしまった。油画、日本画とも技法や概念に関してまちがいが多いのは『最後の秘境　東京藝大』（新潮社）という本の影響かと思った。美大（映像学科があるのは美大ではなく芸大）を舞台に作品を書こうとした作者だが、美大生に事前取材をしたのだろうか。そこがわたしにはいちばんの疑問だった。

『けものの名前』はシナリオのト書きのようなブツ切れの文章がひどく読みにくかった。わたしは人物表を作りながら読んだが、そうとうに混乱した。描写が冗長でセリフはいまひとつ。登場人物の外見や属性は書かれているが、キャラクター性に乏しい。作品に対する作者の自己肯定感が透けて見えるのも気になった。書きあげた作品をもう一度客観的に読み、ストーリーを整理して読者にもっとサービスしてください。

『人類賛歌』は文章、セリフともによろしくない。これといった内容のない無駄な描写、記述が多すぎるため、いまどきの冗長な小説になってしまった。高校で二十三人もの殺人事件が起きながら、警察は関係者への事情聴取をしない——。探偵役の一般人が麹町署に押しかけて被疑者と話す——。カッターナイフやボールペンで殺し合いをする——。事件の鍵ともいえる郵送された差出人不明の楽譜と手紙の出処を警察が捜査しない——。などなど、いくら小説とはいえ、警察捜査をスルーしているのは作者の都合だろう。しかしながら、物語のスケールが大きく、展開が早いのはよかった。わたしは映画の『パージ』を想起した。『をんごく』はおもしろく達者な小説だった。文章に落ち着きがあり、描写が的確で安心して読める。セリフも巧いし、なにより大正のころの船場言葉に柔らかい響きがあり、それを作者はきれいにすくいとっている。

まず、主人公のひとりである「エリマキ」のキャラクター設定がすばらしい。作者は「死にぞこないの霊があれば喰う。ただ喰いたい」「どうやら俺は、見るひとの心にいちばん深く根付いている者の姿に見えるらしい。（中略）例えば親なり子なり、恋人や妻や夫や」というエリマキのセリフで彼の怪物ぶりをいい、「牛車に裳裾いうたら……長う数えて千年」というセリフでエリマキの年齢をいう。そう、セリフのセンスがいい。巫女、絵描き、義兄、船場の女中など、他の登場人物もキャラクターがしっかり書き分けられていて間然するところがない。終盤のアクションシーンも巧い。通底する恐怖の中に姉の浮気など、ところどころにユーモアもあり、そこに作者の余裕を感じた。久々の正統派和風ゴシックホラー『をんごく』を推せてうれしい。

滴る、ホラーの色気
辻村深月

受賞作『をんごく』は、作品全体に滴るようなホラーの色気がある傑作だった。文体、セリフに、作品の舞台となる大阪・船場に詳しくない私でも引き込まれるようなリズムの心地よさがあり、出てくる場面のひとつひとつがホラーとして小説として美しい。（「商売繁盛」の扇が部屋いっぱいに並ぶ様は鳥肌が立つほど壮観でした……）

顔のないエリマキに、人が、自分が強い思い入れを持っている者の顔を見る、という設定がせつなく、また、その彼に息子の顔を見ている巫女の存在により、エリマキに残酷さとかわいらしさの両方が感じられる。そのエリマキの「ほんとうの顔」を見ることがクライマックスにフックとして効いている構成も見事。この「ほんとうの顔」という言葉ひとつ取って見ても、それが特別な奥行きを持つ言葉に思えてくるのは、この世界を描く著者の筆の力があってこそだ。この作品を受賞作として送り出せる選考に立ち会えたことを幸せに思う。

『けものの名前』と『人類賛歌』も気になる作品だった。

『けものの名前』は文章、構成ともにとても粗い。特に新しい登場人物が出てくるたびに、唐突に始まる一人称での語りは情報量が多く、冗長。主要人物の背景が満足に書かれていない一方、端役にやけに詳細なエピソードがついていたりと、まだ小説を書き慣れていない印象を随所に受ける。……が、小説のセオリーを意識せずに自分の書きたい世界を自由に描く勢いは、候補作中、最も感じた。果樹園の描写や、後半、ある真相が明かされたことで岩角のキャラクターに血が通いだすあたりなどは好みだった。

『人類賛歌』。候補作の中で一番先が気になった作品で、最後まで退屈することなく一気に読んだ。音楽関係者のもとに届いた謎の楽譜、聞く者を変容させてしまう歌、という設定にとても惹かれたが、事件の核心人物である亜紗の描き方には、もっと工夫が必要だったように思う。彼女が自分の宿命を呪うに至った過程に、より読者に迫ってくるセリフやドラマがあったなら、物語により凄みが出たのではないか。ただ、よい場面も多く、来栖が危うい興味に道を踏み外す後半の展開もおもしろく読んだ。

『美大怪異譚』。前半、「幽霊」の描き方があまりに軽く、かつ、「幽霊」であるにもかかわらず、あまりに都合よく人間くさい行動原理で動きすぎではないか?と大きな違和感があったが、後半にかけて見えてきた展開で評価を改めた。とはいえ、彼の見ていた「人の思い」によってほとんどの登場人物が善人になってしまう展開はややもったいない。美大を舞台に才能を通じての青春の葛藤が描かれるテーマはよいが、その描写が同じ言葉の繰り返しでは、読者は葛藤に飽きる。整理して「ここぞ」という箇所にこそ葛藤の吐露があれば、より、小説全体が引き締まったのではないか。

ソロモン王のパラドックス
道尾秀介

……と呼ばれる認知バイアスがある。古代イスラエルのソロモン王は希代の知恵者で、彼の助言を求めて遠方からはるばる旅をしてくる者さえいたという。しかし本人の政治は失策つづきで、私生活では享楽にふけり、けっきょく彼の王国は滅亡してしまった。要するに、人は他人のことなら的確に判断できるが、自分のことになると上手くいかない。これは一般的な現象で、日本にも「岡目八目」という言葉がある。

新人賞の応募者には、是非そのバイアスを克服していただきたい。長編小説は鑑賞時間が非常に長い芸術なので、徹底して客観的な視点を維持しながら書かないと、まったく楽しんでもらえない。せっかく苦労して創り上げた王国がそうして無残に滅びてしまうなんて、こんなにもったいないことはない。

今回の候補者の中では、受賞作となった『をんごく』の作者だけが「ソロモン王のパラドックス」から脱却していた。読みやすく、かつ味わいと色気が伝わってくる文章。耳で聞いていると錯覚させるような会話。人を納得させる物語。無駄のない場面展開。欲を言えば、全編を通じて何か一つ強烈なマクガフィンが存在していれば、リーダビリティがさらに高まったかもしれない。とはいえ現状でも充分に商品となるクオリティなので、文句なしに推すことができた。

『けものの名前』も文章は悪くないのだが、構想の段階で客観的な視点が欠けている。派手な話ではあるものの、登場人物の数も特殊設定の数も多すぎて、何と何が何のために戦っているのかが最後までよく理解できない。読者にメモを取らせるようでは、エンタメとして及第点とは言えまい。

いっぽうで『美大怪異譚』は物語が非常にわかりやすい。が、作中で起きる怪現象も、その解決方法も、登場人物たちも、あまりにテンプレートで新しさが見られない。著者本人はこれで完成と判断したのかもしれないが、著者の満足と読者の満足とのあいだには巨大な溝がある。執筆の半分は、その溝を埋める作業であることを知っていただきたい。

最後に『人類賛歌』。一読者として最も楽しめたのはこの作品だった。フィクションが嘘であるのは当たり前の話だが、この作品は、その嘘に凄みがある。小説を読んで、怖い、と思えたのは久しぶりだった。ただ、現状では文章も物語も粗すぎる。視点の切り替わりがわかりづらかったり、登場人物の行動原理が不明だったり、単純な誤字脱字が多くあったりと、「著者だけが気づかないタイプの瑕疵」も散見され、推しきることはできなかった。

新人賞の応募者たちは、小説家を目指すくらいだから、世の中の小説作品を大量に読んでいるのだろう。中には「文章が読みにくい」「ストーリーが面白くない」などと感じる作品もたくさんあったに違いない。ならばその視点で、じっくりと自分の作品も読み直してほしい。自分はこの小説を、安くないお金で買い、わくわくしながら一ページ目をめくるのだと想像してほしい。それができるようになるだけで、作品の質は確実にジャンプアップする。

申し分なし
米澤穂信

『をんごく』は情感、悲哀申し分なく、文章は格調高く台詞まわしには血が通っていて、一読、今年はこれだと確信させる小説だった。およそ怪異を扱うならば恐怖の源泉は多かれ少なかれ民俗にあるはずで、民俗の根元には、ままならぬこの世を生きる人間の必死の祈り、すなわち信仰（組織宗教であれ民間信仰であれ）があって然るべきだ。この点をあざやかに描き出す視程の広さは、著者の、作家としての豊かな資質をあらわしている。

つましくもしあわせな暮らしを送っていた主人公らが関東大震災で幽明境を異にするまでの描写は哀感に満ち、なかなか書けるものではない。超自然的な力を持つ退魔師的存在が登場した時は物語やや旧套に落ちるかと危ぶんだが（この退魔師が良いという意見も多かったことは特記する）、「主人公が妻の死を受け入れ、送り出す物語」という本筋はいささかも見失われず、小説は見事に終幕へと導かれた。

プロットを構築する技術も卓越しており、たとえば女中の死という一事に「妻とは最早わかり合えぬこと」「おのれの死に気づかぬ霊のかなしいこと」「葬儀の手順を見ること」の三つの意味を持たせているところなど、唸るほどの手並みである。この小説に授賞できなければどうしようと焦りさえ覚えていたので、結果に安堵している。

『けものの名前』は、文章にドライブ感があり、妙に乾いた雰囲気に魅力があった。勢いに呑まれて面白く読んでいたが、次第にペースが落ちてきた。誰が何のために行動をしているのか、わからないのだ。特に最後の場面など、それまで敵対していたわけでもない二勢力間でなぜアクションシーンが始まったのか、どうにも頷けない。「クライマックスには恰好いいアクションを」という著者の都合が透けてしまい、せっかくの文章の魔法も解けてしまった。

『美大怪異譚』は、書き方がしっかりしていて読みやすく、怪異とその解明の描き方はいささか月並ながら、それはすなわち小説が平均レベルを保っている（偉大なことだ）証だと思い、悪印象を持たずに読み進めていた。しかし、終盤に至って、物語が崩れてしまった。知人が事故に巻き込まれたと聞き、ならば死んだのだろうと早合点するというのは、人の心の動きではない。無事であってほしいと切願し、確認が取れないなら、きっと無事だったはずだと自らに言い聞かせるのが本当だろう。作中の美大生らが抱える葛藤も残念ながら浅く、美術に携わる人間の悩みには見えなかった。

『人類賛歌』は、最終候補作中、唯一怖かった。人間が死や恐怖に抗い、あるいは部分的には勝利を収めるとしても、結局は打ち倒し得ない存在に怯え続けねばならないというのが恐怖小説の正道だとするなら、この小説のみがそれに当たっていた。だが文章はやや未熟で、細部の辻褄が合っていない。勢いはあれど、雑であると言わざるを得なかった。

歴代受賞作一覧

横溝正史ミステリ&ホラー大賞

第39回 2019年
大賞 受賞作なし　**優秀賞** 北見崇史『出航』　**読者賞** 滝川さり『お孵り』

第40回 2020年
大賞 原 浩『火喰鳥を、喰う』　**読者賞** 阿泉来堂『ナキメサマ』

第41回 2021年
大賞 新名 智『虚魚』　**読者賞** 秋津 朗『デジタルリセット』

第42回 2022年
大賞 受賞作なし　**優秀賞** 鵺野莉紗『君の教室が永遠(とわ)の眠りにつくまで』　**読者賞** 荒川悠衛門『異形探偵メイとリズ 燃える影』

第43回 2023年
大賞・読者賞・カクヨム賞 北沢 陶『をんごく』

横溝正史ミステリ大賞

第1回 1981年
大賞 斎藤 澪『この子の七つのお祝いに』

第2回 1982年
大賞 阿久 悠『殺人狂時代ユリエ』　**佳作** 芳岡道太『メービウスの帯』

第3回 1983年
大賞 平 龍生『脱獄情死行』　**佳作** 速水拓三『篝り火の陰に』

第4回 1984年 受賞作なし

第5回 1985年
大賞 石井竜生／井原まなみ『見返り美人を消せ』　**佳作** 中川英一『四十年目の復讐』／森 雅裕『画狂人ラプソディ』

第6回 1986年 受賞作なし

第7回 1987年
大賞 服部まゆみ『時のアラベスク』　**佳作** 浦山 翔『鉄条網を越えてきた女』

第8回 1988年 受賞作なし

第9回 1989年
大賞 阿部 智『消された航跡』 **佳作** 姉小路 祐『真実の合奏』

第10回 1990年
大賞 受賞作なし **優秀作** 水城嶺子『世紀末ロンドン・ラプソディ』

第11回 1991年
大賞 姉小路 祐『動く不動産』

第12回 1992年
大賞 羽場博行『レプリカ』／松木 麗『恋文』 **特別賞** 亜木冬彦『殺人の駒音』

第13回 1993年
大賞 受賞作なし **優秀作** 打海文三『灰姫 鏡の国のスパイ』／小野博通『キメラ暗殺計画』

第14回 1994年
大賞 五十嵐 均『ヴィオロンのため息の―高原のDデイ―』 **佳作** 霞 流一『おなじ墓のムジナ』

第15回 1995年
大賞 柴田よしき『RIKO―女神（ヴィーナス）の永遠―』 **佳作** 藤村耕造『盟約の砦』

第16回 1996年
大賞 受賞作なし **優秀作** 山本甲士『ノーペイン、ノーゲイン』 **佳作** 西浦一輝『夏色の軌跡』

第17回 1997年
大賞 受賞作なし **佳作** 建倉圭介『クラッカー』

第18回 1998年
大賞 山田宗樹『直線の死角』 **佳作** 尾崎諒馬『思案せり我が暗号』 **奨励賞** 三王子京輔『稜線にキスゲは咲いたか』

第19回 1999年
大賞 井上尚登『T.R.Y.』 **佳作** 樋口京輔『フラッシュ・オーバー』 **奨励賞** 小笠原あむ『ヴィクティム』

第20回 2000年
大賞 小笠原 慧『DZ ディーズィー』／小川勝己『葬列』

第21回 2001年
大賞 川崎草志『長い腕』 **優秀賞** 鳥飼否宇『中空』

第22回 2002年
大賞 初野 晴『水の時計』 **テレビ東京賞** 滝本陽一郎『逃げ口上』

第23回　２００３年　受賞作なし

第24回　２００４年
大賞　村崎 友『風の歌、星の口笛』　**優秀賞／テレビ東京賞**　射逆裕二『みんな誰かを殺したい』

第25回　２００５年
大賞／テレビ東京賞　伊岡 瞬『いつか、虹の向こうへ』

第26回　２００６年
大賞　桂木 希『ユグドラジルの覇者』　**テレビ東京賞**　大石直紀『オブリビオン～忘却』

第27回　２００７年
大賞　大村友貴美『首挽村（くびきむら）の殺人』／桂 美人『ロスト・チャイルド』　**テレビ東京賞**　松下麻理緒『誤算』

第28回　２００８年
大賞　受賞作なし　**テレビ東京賞**　望月 武『テネシー・ワルツ』

第29回　２００９年
大賞／テレビ東京賞　大門剛明『雪冤（せつえん）』　**優秀賞**　白石かおる『僕と『彼女』の首なし死体』

第30回　２０１０年
大賞　伊与原 新『お台場アイランドベイビー』　**テレビ東京賞**　佐倉淳一『ボクら星屑のダンス』　**優秀賞**　蓮見恭子『女騎手』

第31回　２０１１年
大賞　長沢 樹『消失グラデーション』

第32回　２０１２年
大賞　河合莞爾『デッドマン』／菅原和也『さあ、地獄へ堕ちよう』

第33回　２０１３年
大賞　伊兼源太郎『見えざる網』

第34回　２０１４年
大賞　藤崎 翔『神様の裏の顔』

第35回　２０１５年　受賞作なし

第36回　２０１６年
大賞　逸木 裕『虹を待つ彼女』

第37回　2017年
大賞　受賞作なし　**優秀賞**　染井為人『悪い夏』　**奨励賞**　長谷川 也『声も出せずに死んだんだ』

第38回　2018年
大賞　受賞作なし　**優秀賞**　犬塚理人『人間狩り』

日本ホラー小説大賞

第1回　1994年
大賞　受賞作なし　**佳作**　坂東眞砂子『蟲（むし）』／カシュウ・タツミ『混成種―HYBRID―』／芹澤 準『郵便屋』

第2回　1995年
大賞　瀬名秀明『パラサイト・イヴ』　**長編賞**　受賞作なし　**短編賞**　小林泰三『玩具修理者』

第3回　1996年
大賞・長編賞・短編賞　受賞作なし　**佳作**　貴志祐介『十三番目の人格（ペルソナ）―ISOLA―』／櫻沢 順『ブルキナ・ファソの夜』

第4回　1997年
大賞　貴志祐介『黒い家』　**長編賞**　中井拓志『レフトハンド』　**短編賞**　沙藤一樹『D―ブリッジ・テープ』

第5回　1998年　受賞作なし

第6回　1999年
大賞　岩井志麻子『ぼっけえ、きょうてえ』　**長編賞・短編賞**　受賞作なし　**佳作**　牧野 修『スイート・リトル・ベイビー』／瀬川ことび『お葬式』

第7回　2000年　受賞作なし

第8回　2001年
大賞　伊島りすと『ジュリエット』　**長編賞**　桐生祐狩『夏の滴』　**短編賞**　吉永達彦『古川』

第9回　2002年　受賞作なし

第10回　2003年
大賞　遠藤 徹『姉飼』　**長編賞**　保科昌彦『相続人』　**短編賞**　朱川湊人『白い部屋で月の歌を』

第11回　2004年
大賞・長編賞　受賞作なし　**佳作**　早瀬 乱『レテの支流』　**短編賞**　森山 東『お見世出し』　**佳作**　福島サトル『とくさ』

第12回　2005年
大賞　恒川光太郎『夜市』　**長編賞**　大山尚利『チューイングボーン』　**短編賞**　あせごのまん『余は如何にして服部ヒロシとなりしか』

第13回　２００６年
大賞　受賞作なし　**長編賞**　矢部　嵩『紗央里ちゃんの家』　**短編賞**　吉岡　暁『サンマイ崩れ』

第14回　２００７年
大賞・長編賞　受賞作なし　**短編賞**　曽根圭介『鼻』

第15回　２００８年
大賞　真藤順丈『庵堂三兄弟の聖職』　**長編賞**　飴村　行『粘膜人間』　**短編賞**　田辺青蛙『生き屏風』／雀野日名子『トンコ』

第16回　２００９年
大賞　宮ノ川　顕『化身』　**長編賞**　三田村志郎『嘘神』　**短編賞**　朱雀門　出『今昔奇怪録』

第17回　２０１０年
大賞　一路晃司『お初の繭』　**長編賞**　法条　遥『バイロケーション』　**短編賞**　伴名　練『少女禁区』

第18回　２０１１年
大賞　受賞作なし　**長編賞**　堀井拓馬『なまづま』　**短編賞**　国広正人『穴らしきものに入る』

第19回　２０１２年
大賞　小杉英了『先導者』　**読者賞**　櫛木理宇『ホーンテッド・キャンパス』

第20回　２０１３年
大賞　受賞作なし　**優秀賞**　倉狩　聡『かにみそ』　**読者賞**　佐島　佑『ウラミズ』

第21回　２０１４年
大賞　雪富千晶紀『死呪の島』　**佳作**　岩城裕明『牛家』　**読者賞**　内藤　了『ON　猟奇犯罪捜査班・藤堂比奈子』

第22回　２０１５年
大賞　澤村伊智『ぼぎわんが、来る』　**優秀賞**　名梁和泉『二階の王』　**読者賞**　織守きょうや『記憶屋』

第23回　２０１６年
大賞　受賞作なし　**優秀賞**　坊木椎哉『きみといたい、朽ち果てるまで～絶望の街イタギリにて』　**読者賞**　最東対地『夜葬』

第24回　２０１７年
大賞　受賞作なし　**優秀賞**　木犀あこ『奇奇奇譚編集部　ホラー作家はおばけが怖い』／山吹静吽『迷い家』　**読者賞**　野城　亮『ハラサキ』

第25回　２０１８年
大賞・読者賞　秋竹サラダ『祭火小夜の後悔』　**大賞**　福士俊哉『黒いピラミッド』

北沢 陶（きたざわ　とう）

大阪府出身。イギリス・ニューカッスル大学大学院英文学・英語研究科修士課程修了。2023年、「をんごく」で第43回横溝正史ミステリ＆ホラー大賞〈大賞〉〈読者賞〉〈カクヨム賞〉をトリプル受賞し、デビュー。

装画
吉實 恵

装丁
池田進吾
(next door design)

をんごく

2023年11月 6日　初版発行
2024年 6月15日　4版発行

著　者　北沢 陶
発行者　山下直久
発　行　株式会社KADOKAWA
〒102-8177　東京都千代田区富士見2-13-3
電話 0570-002-301(ナビダイヤル)

印刷所　旭印刷株式会社
製本所　本間製本株式会社

ISBN 978-4-04-114265-3 C0093

本書は第43回横溝正史ミステリ＆ホラー大賞
〈大賞〉〈読者賞〉〈カクヨム賞〉受賞作を、
加筆修正のうえ書籍化したものです。